Diogenes Taschenbuch 21156

de
te
be

Friedrich Dürrenmatt

Mondfinsternis
Der Rebell
Stoffe II / III

Diogenes

Umschlag: ›Witwe‹ von Friedrich Dürrenmatt.
Mondfinsternis und *Der Rebell* erschienen
erstmals 1981 als Teil II und III der
Stoffe I–III im Diogenes Verlag.

Veröffentlicht als Diogenes Taschenbuch, 1984

60/84/8/1
ISBN 3 257 21156 2

Inhalt

Mondfinsternis

Noch einmal zu den Ursprüngen zurück: Mein Vater war Pfarrer. In meiner Bibliothek steht seine hebräische Bibel, dicht mit meist unleserlichen Randbemerkungen versehen, in winziger Schrift. Vor dem ersten Buch Mosis notierte er am 25. November 1920, zweiundvierzig Tage vor meiner Geburt: »Zum zweiten Mal das Alte Testament durchgelesen.« Weitere Notizen folgten. Am 25. Juli 1949 hatte er es zum sechsten Mal durchgelesen, dann ging die Lektüre – er war nun bald sechzig – gemächlicher: Seine Augen wurden immer schwächer. Die letzte Eintragung, die ich finde, mit zittriger Hand gekritzelt, ist vom 30. Oktober 1964. Er las noch den Propheten Jesaia zu Ende, begann vielleicht noch mit Jeremias, das ist nicht genau auszumachen. Er starb am 8. Februar 1965, neun Tage nach seinem 84. Geburtstag. Neben dem Alten Testament auf hebräisch las er jeden Tag das Neue Testament in griechisch und lateinisch.

Zwei Tage vor seinem Tod besuchten ihn meine Frau und ich in der Stadt im Altersheim, wo er mit meiner Mutter wohnte. Die Möbel im Zimmer kannte ich noch vom Dorf her; an den Wänden die alten Bilder, die zwei Porträts vom Dorfmaler, zwei Bilder vom Burgäschisee, Cornelius Claesz von Anslo im goldenen Rahmen; die alte Bibliothek, freilich stark gelichtet.

Es war Samstag. Es ging gegen Abend, die Stehlampe brannte schon. Mein Vater lag im Bett, meine Mutter spielte am Tisch mit einem langweiligen Verwandten meines Vaters Karten. Ich dachte nicht daran, daß mein Vater sterben würde, obwohl er meiner Frau, die er sehr liebte, und mir dankte; es sei freundlich, daß wir gekommen seien, von ihm Abschied zu nehmen. Ich war erleichtert, daß er mich erkannte, er war in der letzten Zeit hin und wieder etwas verwirrt gewesen, hatte mich mit einem Vetter verwechselt, der Arzt war und ihn pflegte.

Er erzählte, er sei diesen Morgen erwacht und glücklich gewesen, nur in der Nacht hätten die Schwestern ihn vergiften wollen, aber meine Mutter hätte sich geweigert mitzumachen.

»Hulda, du bist immer eine gute Frau gewesen.«

Meine Mutter weinte etwas und spielte weiter Karten mit dem langweiligen Verwandten, der vollkommen unbeteiligt dasaß; er hatte nichts als das Kartenspiel im Kopf und saß nur da, weil er eben ein Verwandter war, wahrscheinlich ein Vetter meines Vaters, und weil er jeden Samstag kam, um Karten zu spielen. Dann sprach mein Vater ein Gebet, ich war, wie immer in solchen Momenten, geniert. Wir nahmen von ihm Abschied und fuhren mit dem Wagen nach Zürich. Unterwegs sagte mir meine Frau, mein Vater liege im Sterben; ich glaubte ihr nicht, er war ja nicht krank.

Am Sonntag hielt ich eine Rede bei einer Gedenkfeier im Schauspielhaus. Am Montagmorgen telefonierte mir meine Mutter ins Hotel, mein Vater sei gestorben.

Wir fuhren nach Bern zurück, es schneite, ich mußte vorsichtig fahren, und dann sah ich meinen Vater wieder, die Hände gefaltet, die Augen geschlossen, Blumen auf dem Kissen, auf der Bettdecke. Ich erkannte ihn nicht mehr, ein Fremder lag vor mir. Lange erforschte ich das tote Antlitz. Ich entdeckte nichts, das mich an meinen Vater erinnerte.

Als ich mehr als zehn Jahre später vor dem gleichen Bett stand und auf meine tote Mutter starrte, war es mir dagegen, als sähe ich sie zum ersten Mal, merkwürdigerweise als junge Frau, wie sie vor meiner Geburt gewesen war; sie hatte etwas ungemein Freudiges.

Varlin dagegen, als ihm der Arzt das Tuch vom Gesicht zog, war eine wilde Leiche, Augen und Mund aufgerissen, nichts von Stille, ein eingefrorener, eiskalter, wütender Protest, aber es war immer noch Varlin, der da drohend in seinem Sarg lag.

Nur mein Vater schien sich davongemacht zu haben, irgendeine anonyme Hülle zurücklassend, die man aus Verlegenheit mit Blumen schmückte, er eignete sich nicht als Leiche.

Am Donnerstag war die Beerdigung. Wir wünschten uns keine Blumen, man solle für eine wohltätige Stiftung spenden, trotzdem stand der Sarg in der Abdankungshalle zwischen zwei riesigen Kränzen: Diakonissenhaus Bern und Schauspielhaus Zürich; und bevor der Pfarrer die Abdankung halten konnte, traten zwei Zähringer auf, Studenten in Vollwichs, die sich samt Fahne neben den Sarg pflanzten.

Wir hatten vergessen, daß mein Vater in seiner Studentenzeit um die Jahrhundertwende Zähringer gewesen war, zumal wir ihn nur als einen eifrigen Förderer des Blauen Kreuzes kannten: bloß Jesus vermochte einen Menschen zu retten, der dem Suff verfallen war; ja mein Vater setzte es durch, daß beim Abendmahl alkoholfreier Traubensaft verwendet wurde, damit bei der heiligen Handlung nicht etwa ein bekehrter Trunkenbold in Versuchung kommen könnte. Seine Abneigung gegen den Alkohol nahm immer merkwürdigere Formen an, er weigerte sich schließlich, Nahrung zu sich zu nehmen, auch diese verwandle sich im Verdauungsprozeß in Alkohol. Oft konnte meine Mutter ihn nur mit Mühe dazu bringen, doch etwas zu essen.

Und nun, während der Pfarrer uns zu trösten suchte, hielten zwei Studenten in Vollwichs an seinem Sarg

Wacht, die mir ebensowenig zu meinem Vater zu passen schienen wie der Kranz des Schauspielhauses. Selbst auf dem Weg zum Grab schritten die Studenten mit gesenkter Fahne der Trauerfamilie voran, um dann später in ihrem Stammlokal einen Trauersalamander zu reiben, wie ich mir verdutzt vorstellte, während ich gemessen hinter ihnen schritt, meine Mutter führend, die zwischen meiner Schwester und mir ging. Die beiden Studenten hatten meinen toten Vater in Obhut genommen, als hätten sie ein Vorrecht darauf.

Vielleicht hatten sie eines. Denn mein Vater kam aus einer anderen Zeit. Er war schon vierzig, als ich zur Welt kam, während im Jahr seiner Geburt, 1881, Bismarck noch Reichskanzler war, Zar Alexander der Zweite ermordet und die russische Geheimpolizei Ochtana gegründet wurde, Dostojewski starb und Böcklin die Toteninsel malte. Dafür, als walte in der Kunstgeschichte eine ausgleichende Gerechtigkeit, wurde im gleichen Jahr Picasso geboren. Die Generationen überschlagen sich wie Wellen, werden von der Zeit davongetragen, und ihre Spuren sind für spätere Generationen oft rätselhaft, oft rührend, selten grandios, und manchmal nicht ohne höhere Komik, wie die beiden Studenten: im Vollwichs durch einen winterlichen, schneebedeckten Friedhof einem ausgehobenen Grab entgegenschreitend, hinter einem Sarg mit einem Toten darin, den sie nicht kannten und der sie nicht gekannt und den – was mir, als ich hinter den beiden Studenten seinem Grab entgegenging, immer deutlicher wurde – ich auch nicht gekannt hatte.

Mein Vater hatte nur selten von seiner Jugend und von seinem Vater gesprochen, der ein bekannter Politiker gewesen, doch schon im Jahre 1908 gestorben war. Ein seltsamer, einsamer und eigensinniger Rebell: klein, gebückt, bärtig, bebrillt, mit scharfen Augen, ein Berner, der eine eigene Zeitung herausgab; der den Freisinn, den Sozialismus und die Juden haßte; auf den kein politisches Klischee paßte und der für eine christliche, föderalistische, bäuerliche Schweiz kämpfte, zu einer Zeit, als sie sich anschickte, ein moderner Industriestaat zu werden, ein politisches Unikum, dessen Titelgedichte berühmt waren und von einer Schärfe, die man heute selten wagt.

Auch von seiner Mutter hörte ich meinen Vater nie reden, ebenso schwieg er von seiner Studentenzeit, die ihn nach Berlin und Marbach gebracht hatte. Es war seine Welt, die uns Kinder nichts anging, die er sich zu bewahren suchte, kann ich mir denken, vor allem mir gegenüber, als ich älter wurde und alles in Frage zu stellen begann.

Mein Vater war auf eine kindliche Art fromm, doch fürchtete er sich vor dem Tod. Wenn ich ihm sagte, ich könne nicht verstehen, wie der Gedanke, nach dem Tod ›nichts‹ mehr zu sein, schrecklich sein könne – was sich ja nur denken und nicht sich vorstellen läßt –, widersprach er mir stets hastig, ja aufgeregt, als wäre dieser Gedanke noch schrecklicher als der an eine Hölle.

Obwohl er ein Gelehrter war, predigte er einfach und sorgfältig, er schrieb seine Predigten auf, in Stenogrammschrift, auch sie winzig, doch predigte er frei, denn er vermochte seine stenografierte Schrift nicht zu lesen. Sie sei an und für sich unleserlich, erklärte er, weil er eigentlich gar nicht stenografieren könne, die unleserliche Niederschrift sei eine bloße Gedächtnisübung. Er erzählte auch, er habe in seiner Jugend Volapük gelernt, das durch das Esperanto verdrängt worden war, er sei vielleicht der einzige, meinte er dann schmunzelnd, der noch Volapük verstehe.

Vor allem war mein Vater ein guter Seelsorger, der noch bis ins hohe Alter Kranke besuchte. Er besaß einen versteckten Humor und wußte zuzuhören, eine Begabung, die ich nicht geerbt habe. Er vermochte nie zu begreifen, daß ich ein schlechter Schüler war, doch verlor er nur einmal die Selbstbeherrschung: Er erklärte mir in Gegenwart meiner Mutter schroff, gleichsam offiziell, ich sei für das Gymnasium nicht intelligent genug, auch für einen Maler lange es nicht, wie ich mir einbilde, ich solle meine Pläne zurückstecken.

Als ich dann Schriftsteller wurde, schwieg er zu meiner Schreiberei, in die ersten Premieren kam er noch, später nicht mehr, aber er interessierte sich für das, was ich schrieb, ohne mit mir darüber zu diskutieren, freute sich auch über Erfolge, aber die Literatur war ihm fremd – außer daß er Theodor Körner ungemein schätzte. Dafür las er schon früh Kierkegaard, als dieser unter den Pfarrherren der umliegenden Dörfer noch nicht bekannt war, und Barths ›Römerbrief‹. Nietzsches ›Also sprach Zarathustra‹ hielt er in seiner Bibliothek versteckt. Er sah es ungern, daß ich das Buch aufstöberte, ließ es mich aber lesen.

Nur einmal versuchte er, mich davon zu überzeugen, Pfarrer zu werden. An einem Sonntagabend in der Stadt, kurz nach meiner Maturität. Wir saßen zusammen auf einer Bank im Englischen Garten, unter uns schimmerte der Fluß durch die Bäume. Mein Vater sprach zuerst nicht vom Glauben oder vom Christentum, er wollte nicht meine Opposition wecken. Er empfahl mir das Studium der Theologie als die interessanteste Disziplin in geistiger Hinsicht, wie er sich ausdrückte, die auch die Philosophie in sich schließe. Er sprach von der Klarheit der alten

Sprachen, die er so liebte; erst jetzt, nach bestandener Maturität, während des Studiums der Theologie, werde mir ihre Schönheit aufgehen. Dann erst kam er auf den Glauben zu sprechen: ohne eifriges Studium der Heiligen Schrift sei er nicht zu festigen, meine Zweifel rührten daher, daß ich den Gegensatz zwischen dem Glauben und dem Intellekt übertreibe; im Gegenteil, nur ein Intellekt, den man in den Dienst des Höheren, des Glaubens stelle, als Diener und nicht als Feind, vermöchte mir weiterzuhelfen.

Ich hörte ihm schweigend zu, das Gespräch war mir unangenehm, ich weiß nicht mehr, was ich geantwortet habe. Mein Vater konnte mich nicht überzeugen, doch zeigte er keine Enttäuschung. Wir gingen friedlich nach Hause. Er kam nie mehr auf unser Gespräch zurück.

Besonders enttäuscht muß meine Mutter gewesen sein. War mein Vater im Hintergrund, so führte meine Mutter im Dorf und später in der Stadt das Regiment über die Familie. Sie war die unmittelbare Instanz. Eine Auseinandersetzung zwischen Vater und Mutter erlebten wir nie. Höchstens im Schach. Meine Mutter war eine ausgezeichnete Schachspielerin. Im Dorf kamen der Arzt und der Zahntechniker regelmäßig, um mit meiner Mutter zu spielen; wurde sie einmal vom Zahntechniker geschlagen, weigerte sich dieser aus Furcht zu verlieren wochenlang, wieder mit meiner Mutter zu spielen. Auch mein Vater ärgerte sich, wenn er verlor, selbst wenn er dabei lachte, und warf dann die Schachfiguren durcheinander.

Meine Mutter stammte aus einem Dorf, das näher bei den Bergen lag als das unsrige, am Fuß des Stockhorns. Im Gegensatz zu meinem Vater liebte es meine Mutter, von ihrem Vater zu erzählen. Dieser Mann, wie mein anderer

Großvater vor meiner Geburt gestorben, wurde für mich eine legendäre Figur. Meine Mutter war ein Kind seiner zweiten Frau, ich stellte ihn mir als eine Art Abraham vor, als einen Patriarchen. Meine Mutter rühmte seinen schönen, sorgfältig gebürsteten langen Bart, wobei sie versicherte, er hätte das Haar »auf dem Kopf« kurz geschoren gehabt. Er war ein Bauer, der seine Bauernhäuser in Pacht gegeben hatte, sich noch ein Armeepferd hielt und nichts als Gemeindepräsident war. Er war der Gemeindepräsident. Er regierte sein Dorf allgewaltig wie ein Fürst. Am liebsten fuhr er mit seinem Armeepferd aus, in flottem Trab, meine Mutter saß hinten auf dem Fuhrwerk, einmal löste sich ihr Sitz, meine Mutter saß auf der Straße, und mein Großvater entfernte sich mit Roß und Wagen und bemerkte den Verlust erst zu Hause.

Auch sonst muß das Dorf meiner Mutter voller Originale gewesen sein; so gab es einen Dorfschullehrer, der, wie sie erzählte, dick und unbeweglich neben seinem Pult gesessen und bald den linken, bald den rechten seiner Holzpantoffeln nach den Schülern geschleudert habe, die dichtgedrängt in der Schulstube saßen, welche alle Klassen vereinigte, von der ersten bis zur neunten. Einmal knallte meiner Mutter ein Holzpantoffel an die Stirn, da habe mein Großvater »aber dann mit dem Schulmeister ein sehr ernstes Wort gesprochen«.

Dann spukte in der Erinnerung meiner Mutter noch ein geheimnisvoller Landstreicher herum, auf den sie oft zu sprechen kam. Unter anderem sei er – nach vielen Abenteuern mit Bundesräten, mit dem Kaiser und dem Zaren – in Paris beinahe Rothschilds Schwiegersohn geworden, nur habe er im letzten Augenblick, schon in der Kutsche sitzend auf dem Weg zur Synagoge, bemerkt, daß seine

Frau nicht den Kopf eines Menschen, sondern den eines Schweines besessen hätte, worauf er die Flucht ergriffen, auf seine Millionen verzichtet und wieder ins Christentum zurückgefunden habe.

Eine Geschichte, die mir geblieben ist, weil ich dabei zum ersten Mal erfuhr, daß es noch Juden gab, von denen wir im Dorf keinen Begriff hatten, sie kamen sonst bloß in der Bibel vor. Nur einmal, erinnere ich mich dunkel, herrschte im Dorf eine große Aufregung: der Ewige Jude sei gekommen; was sich hinter dieser vagen Erinnerung versteckt, weiß ich nicht mehr.

Am meisten rühmte meine Mutter die Gottesfurcht ihres Vaters. Sie lebte in einer Welt des sieghaften Glaubens, ihr Christentum hatte etwas Kämpferisches, doch war sie realistischer als mein Vater und auch dem Sozialismus gegenüber mit weniger Vorurteilen behaftet. Da sie im Haus regierte, schickte mein Vater immer sie vor, wenn er sich über meine Leistungen in der Schule beklagte. Als sie einmal merkte, daß ich meine Rechenaufgaben nie machte, rannte sie mir voller Wut mit einer Bohnenstange nach, meine Schwester schrie entsetzt auf. Sonst strafte sie uns, indem sie tagelang ›traurig‹ war; wir lebten dann wie unter einem Schatten.

Sie war für viele eine bedeutende Frau, die Pfarrfrauentagungen und Mütterabende im Land herum organisierte, wobei sie Gotthelf beinahe so gut aus dem Stegreif zu erzählen wußte, wie dieser geschrieben hatte. Aber es war immer eine Mauer zwischen ihr und mir, eine Mauer, die ich errichtet hatte und die ich nicht niederreißen konnte. Es waren zu viele Eigenheiten, die mich an ihr störten: sie spielte die Bescheidene, ohne es nötig zu haben; sie war überaus neugierig, was ich verdiene, ich gab ihr nie

Bescheid; dafür pumpte sie mich hemmungslos an, was ich ihr hoch anrechnete, aber nie für sich, immer für andere. Es quält mich noch jetzt, ihr gegenüber kein nachsichtigerer Sohn gewesen zu sein. Während mein Vater, so weit ich zurückdenken kann, uns bei jedem Weihnachtsfest verkündete, das sei sein letztes – was uns zuerst traurig stimmte und später belustigte, ja wir warteten ungeduldig darauf, daß er es sagte –, erklärte meine Mutter an ihren Geburtstagen, ihr einziger Wunsch sei, nicht alt zu werden. Als sie diesen Wunsch an ihrem 87. Geburtstag mir gegenüber wiederholte, brachte ich den nötigen Humor nicht auf und meinte, mit siebenundachtzig sei sie schließlich doch ein wenig alt geworden; sie schwieg lange beleidigt und antwortete endlich, sie habe noch nie Finken getragen. Als sie dann achtundachtzig wurde, gestand sie mir, Pfarrer Hutzli sei hundert geworden, und das habe ihm »sehr, sehr gut getan«. Ich begriff, daß sie ein neues Ziel anstrebte.

Am meisten störten mich aber ihre Gebetserhörungen, sie machten mich wütend, solange sie lebte; sie waren für mich etwas Unanständiges, das ich nicht akzeptieren konnte, denn meine Mutter war eine leidenschaftliche Beterin, und alles, was sich um sie herum ereignete, geschah als Erfüllung ihrer Gebete. Sie hatte etwas Triumphierendes, alles geschah durch Gottes Gnade; auch später war jeder meiner literarischen Erfolge von Gott inszeniert, eine Vorstellung, die mich maßlos ärgerte, um so mehr als sie meinen Ärger lächelnd ertrug. Überhaupt liebte sie nichts so sehr, wie von ihren Gebetserhörungen zu sprechen, aber ich ließ mich mit ihr nie auf solche Gespräche ein, ich schnitt ihr das Wort ab. Auch am letzten Abend, als ich mit meiner

Schwester bei ihr war; ein Abend, der überhaupt unglücklich verlief. Am merkwürdigsten aber war, daß sie trotz der Förderung meiner Komödien durch den lieben Gott viele Szenen nicht ertrug und sich weinend an meine Frau wandte, ich müsse sie streichen, so die drei Geistlichen im *Mississippi* oder die Pfarrerszene in der *Alten Dame*, die meinen Vater wiederum amüsierten.

Sie starb drei Monate vor ihrem 89. Geburtstag, ohne eigentlich krank gewesen zu sein. Zu unserer Überraschung wünschte sie sich, kremiert zu werden; offenbar wirkte noch ein Buch in ihr nach, das im Dorf zirkuliert hatte; ein Pfarrer, der sich für die Kremation einsetzte, schilderte darin auf grausige Weise, was mit den Leichen in den Gräbern geschieht. Mein Vater hatte sich damals über dieses Buch geärgert, er war für die Beerdigung.

Nach der Kremation meiner Mutter versammelten wir uns im selben Café wie nach der Beerdigung meines Vaters. Verwandte aus dem Dorf meiner Mutter waren anwesend; ich kannte sie nicht mehr. Auch einige von meinem Dorf waren zugegen, so der Lehrer mit nur einem Daumen.

Ich wuchs in einer christlichen Welt auf, die mich auch später nicht losließ: mein Sohn ist Pfarrer geworden. Die Menschen, mit denen meine Eltern verkehrten, waren gottesfürchtig, überall stieß ich auf das Christentum wie auf eine Mauer aus Glauben, ob ich während der Ferien in Bern im Christlichen Seminar weilte oder ob ich bei einem Bauern, mit dem meine Eltern befreundet waren, das Vieh hütete und beim Heuen half.

Die Erwachsenen, die mich umgaben, praktizierten ein bürgerlich-bäurisches Christentum, nicht verlogen, wie man heute so leicht glaubt. In den Augen dieser Menschen stimmte die Ordnung noch, in der sie lebten und an die sie glaubten, und wo sie nicht mehr stimmte, da lag die Schuld im Unglauben. Es war eine gottgewollte Ordnung, die auch den Staat umschloß, Patriotismus und Christentum standen nicht im Widerspruch zueinander. Aber auch die verschiedenen Klassen unter den Menschen waren gottgewollt: so wie es verschiedene Rassen gab, hatte Gott auch den Bürger, den Bauern und den Arbeiter geschaffen, den Reichen und den Armen, und einem jeden seine Würden, Bürden und Pflichten gegeben.

Sie lehnten den Sozialismus ab, weil er nicht aus dem christlichen Glauben entstanden war, weil er mit dem Odium des Atheismus behaftet war; allein der tätige Glaube konnte dem Mitmenschen helfen – ein Zehntel der Besoldung legte mein Vater für die Armen auf die Seite. Sie waren nicht Antisemiten, aber die Juden hatten Christus ans Kreuz geschlagen und mußten nun dafür büßen; sie bemühten sich, biblisch zu leben, aber die Zeiten waren unbiblisch geworden.

Sie standen fassungslos vor dem gewaltigen Geschehen, das die Welt veränderte. Eine Baltin, eine Frau Pfarrer Hahn, deren Mann in Riga umgekommen war – erschossen von den ›Bolschewiken‹ – und die manchmal zu uns ins Dorf zu Besuch kam, wurde mit Ehrfurcht verehrt wie eine Märtyrerin. Sie waren stark im Glauben, lasen die Berichte der Basler- und der Mohammedaner-Mission wie Siegesberichte und ahnten nicht, wie ohnmächtig sie waren, verwurstelt in eine verlotterte Weltwirtschaft, Spielbälle von politischen Glücksrittern und Hasardeuren der Hochfinanz, Opfer gigantischer Schiebungen und Fehlplanungen.

Die Kirche, verbacken mit dem Bürgertum, triumphierte zu sehr – gerade im Bernbiet, unter den Fittichen eines Kantons, der sie stets zur Erhaltung seiner durchaus nicht zimperlichen Obrigkeit benutzt hatte –, und doch kann ich nicht behaupten, daß diese Christen in einer bloßen Illusion lebten: Sie harrten aus in der Hoffnung auf einen endlichen Sieg ihres Glaubens über diese hoffnungslose Welt; und warum soll man diese Hoffnung auf eine Utopie, die heute jedem Marxisten zugebilligt wird und deren er sich rühmt, jenen nicht zubilligen? Nur weil sie Bürger und Bauern waren und einen anderen Glauben als den marxistischen hatten – denn auch hier handelt es sich um einen Glauben – und nicht an den Klassenkampf glaubten wie die Marxisten, sondern an einen Kampf des Glaubens mit dem Unglauben, eines Glaubens jedoch, der, beim Wort genommen – und viele nahmen ihn beim Wort –, die Klassengegensätze von selbst zersetzen sollte? Auch ihr Glaube war ohne Hoffnung unmöglich, wenn nicht lächerlich. Schon das Dorf war nicht mehr ›christlich‹, und in dem, was die Christen unter ›christlich‹ verstanden, waren auch die Christen verschiedener Meinung, wie heute die Marxisten verschiedener Ansicht sind über das, was denn die reine Lehre sei.

Daß mein Vater in dem verworrenen religiösen Zustand seiner Gemeinde den Frieden zu bewahren verstand, war sein eigentliches Verdienst, irgendwo sah er noch in der absurdesten Sekte eine Spur der Wahrheit, an die er glaubte. Je mehr ich über ihn nachsinne, desto mehr scheint mir, daß ihm die Problematik seines Glaubens und seines Berufs bewußter war, als ich ahnte; daß er oft zweifelte, aber daß er ein Mann der Pflicht war, daß darin seine Frömmigkeit lag. Er gehorchte seinem Glauben mit bewußter Blindheit. Darum übte er im Religiösen auch nie Druck auf mich aus. Ich spürte nicht, was in ihm vorging, weil er mein Vater war; es gibt keine größere Fremdheit als die, welche zwischen Vater und Sohn gesetzt ist, der Freiheit beider zuliebe.

Die Bürger, Bauern und Arbeiter achteten ihn, und deshalb war es nicht leicht, sein Sohn zu sein. Die Eltern sind für das Kind die Wirklichkeit, sie sind realer als alles andere, als die Sagen und Geschichten, realer auch als der Einfluß der Schule, und nächst den Eltern sind es die anderen Erwachsenen, die zu den Eltern gehören, und nächst denen wiederum die anderen Kinder, mit denen man zusammen lebt in einer hierarchisch gestuften Welt. Besonders im Dorf. Es typisiert die Menschen. Es ist überschaubar, die Funktion eines jeden ist bekannt, er ist eins mit seiner Funktion: der Gemeindepräsident, der Pfarrer, der Arzt, der Lehrer usw.

Der Sohn des Pfarrers hat im Dorf eine bestimmte Stellung. Er ist der Sohn seines Vaters, die schwache Stelle eines Menschen, der eine moralische Position einnimmt. An seinem Sohn läßt sich diese Position messen, an dieser Position der Sohn; und weil mein Vater für das Dorf ein Vorbild war, wurde ich nach meinem Vater gerichtet. Das Dorf ist grausam. Noch unerbittlicher die Kinder. Der Sohn des Pfarrers ist nicht einer der ihren. Er ist anders. Vor ihm verschweigt man vieles, auch die Erwachsenen reden nicht ohne Vorsicht, schweigen lieber, wenn er kommt. Der Sohn des Pfarrers lebt mit der Jugend des Dorfes, ohne ihr anzugehören. Er ist von ihr nur geduldet. Sie ist ihm gegenüber mißtrauisch, oft höhnisch. Ich wußte nie, zu welcher Gruppe ich gehörte. Bald spielte ich mit den Buben der Thun-, bald mit jenen der Bernstraße Fußball, oder mit jenen der Grünegg.

Ich wurde ein Einzelgänger, und so begann ich, gegen den zu rebellieren, der mich zum Einzelgänger gemacht hatte, gegen meinen Vater. Mein Glaube war zuerst nur eine Angelegenheit der Phantasie gewesen, Bunyans Pilgerreise eben, die frommen Reden Kara ben Nemsis mit Hadschi Halef Omar. Daß ich mich gegen den Glauben meines Vaters stellte, wurde mir zum ersten Mal bewußt, als ich mich für diesen Glauben zu schämen begann. Ich war, zehnjährig etwa, vom Pfarrhaus mit dem Velo zur Hauptstraße hinuntergefahren. Vor dem Konsum stand ein Lastwagen mit Milchkesseln, ich bog um ihn herum, ein Motorradfahrer tauchte vor mir auf, in schwarzer Lederkleidung, wie aus dem Nichts materialisiert, er war, über den Kreuzplatz rasend und in die Thunstraße einbiegend, dem Lastwagen ausgewichen und auf die linke Straßenseite geraten. Im Konsum kam ich wieder zu mir. Leute umstanden mich, sie hatten mich hineingetragen. Ich betete laut, Gott solle mich nicht sterben lassen. Dann verlor ich wieder das Bewußtsein. Ich erinnere mich noch an einen Blutsturz in der Nacht darauf. Nachher schämte ich mich, gebetet zu haben. Mein Beten kam mir als eine Flucht in den Glauben vor, als eine Kapitulation. Die Religion wurde mir peinlich, ich mißtraute ihr und hatte ein schlechtes Gewissen, weil ich ihr, als es ernst wurde, doch nicht gewachsen gewesen war.

Einmal feierten wir mit den Eltern Silvester im feudalen Chalet des Inspektors der Mohammedaner-Mission, hoch über dem Dorf. Ich freute mich, bis nach Mitternacht aufbleiben zu dürfen. Aber als es Mitternacht wurde, als die Glocken läuteten, als ich ins Freie eilen wollte, in die glasklare Nacht mit dem mächtigen Sternenhimmel, mußten wir alle auf die Knie stürzen. Der Gottesmann betete laut, und dann betete seine schwerreiche Frau, die bald danach starb, und die Millionärin, die Erbin einer Stumpenfabrik, die er bald darauf heiratete, und dann mein Vater und dann meine Mutter und wer sonst eingeladen war; alle lagen auf den Knien, ein für mich widerlicher Eindruck, der mich lange erröten und wütend machte, besonders weil ich mit auf die Knie gesunken war; ich hätte stehen bleiben, den frommen Erwachsenen Trotz bieten sollen. Die Scham blieb. Noch heute befällt mich Unbehagen, wenn ich in eine Kirche gehen muß, aus familiären Gründen oder sei es, um sie zu besichtigen.

Ich schloß mich von der Welt meiner Eltern aus, eine Fotografie jener Zeit zeigt es deutlich. Alle stehen feierlich da, meine Eltern, meine Schwester, ich schneide eine Grimasse. Als wir später in die Stadt zogen, war ich schon zu sehr ein Einzelgänger geworden, um mich noch ändern zu können. Ich konnte mich keinem mehr anschließen.

Meine pubertäre Opposition hatte sich gegen die Welt meines Vaters fixiert, doch blieb sie emotional. Unfähig, seinem Glauben ein rationales Weltbild entgegenzusetzen, wählte ich den Weg ins Irrationale. Ich nahm für Hitler Stellung. Ich erinnere mich noch gut an den Sonntagsspaziergang vom Dorf gegen den Ballenbühl, als ich zum ersten Mal den Namen Hitler hörte, es muß im Jahre 1931 oder 1932 gewesen sein: Wir gingen an grünen Bänken entlang, auf denen andere Sonntagsspaziergänger saßen – das Dorf weit unten, auch der Hochkamin –, und traten in einen Laubwald ein. Mein Vater diskutierte mit dem Kirchgemeindepräsidenten, und es ging um die Frage, ob Hitler ein Christ sei oder nicht. Der Antisemitismus wurde nicht besprochen, man war zwar nicht antisemitisch, aber auch nicht judenfreundlich, das störrische Volk wollte und wollte den Messias nicht anerkennen und hatte sich selber verflucht: Am Antisemitismus waren die Juden selber schuld, und im übrigen geisterte auch in der Schweiz das Schlagwort vom jüdischen Bolschewismus herum. Was Hitlers ›Christentum‹ betraf, so war der Kirchgemeindepräsident dessen sicher, mein Vater blieb skeptisch; über die Gläubigkeit Hindenburgs waren sich beide einig, der Generalfeldmarschall war ein Christ, konnte als Generalfeldmarschall auch gar nichts anderes sein; wie viele brave Schweizer glaubten die beiden an Offiziere.

Als sich später meines Vaters Zweifel an Hitlers ›Christentum‹ bestätigten, war mir dieser als christlicher Bürgerschreck willkommen, um so mehr, als es für mich keine politische Alternative gab. Zwar war mein Vater ein überzeugter Antimarxist, ich hätte mich, um ihn und die christlichen Kreise zu provozieren, auch als Kommunist ausgeben können. Aber ich hatte vom Marxismus nur eine verzerrte Vorstellung, er war ein Gerücht, nicht eine mögliche Gegenwelt. So konnte für mich der Marxismus auch keine Opposition gegen die väterliche Welt darstellen. Was blieb, war vorerst ein nebulöses Parteinehmen für Hitler, das ich allein als Schutz gegen die väterliche Welt des Glaubens errichtete: Ich schloß mich in der Stadt für einige Wochen einer frontistischen Jugendorganisation an. Es ging dilettantisch zu, ein arbeitsscheuer Zwanzigjähriger mit Stiefeln, der sich als Detektiv ausgab, führte uns an; an einem Sonntag ›besetzten‹ wir den Bantiger, einen Hügel in der Nähe der Stadt. Meine Unsportlichkeit übertraf meine Weltanschauung, und ich gab auf.

Erst rückblickend wird mir die Welt meiner Jugend deutlich: sie war für mich gedanklich nicht zu bewältigen, wie für Minotaurus das Labyrinth nicht zu bewältigen war. Das vermag wohl keine Jugend; bedenklich war, daß auch die Väter diese Welt nicht bewältigten. Ich lehnte mich dagegen auf, Kommunismus und Faschismus gleichzusetzen, wie die bürgerliche Ideologie es heute liebt, wobei freilich die Gleichung, die bürgerliche Ideologie sei faschistisch oder faschistoid, die politische Wirklichkeit ebenso verfälscht.

Zwischen Faschismus und Kommunismus war von damals aus gesehen ein religiöser Unterschied. Zwei

Heilserwartungen standen sich gegenüber, eine mystische und eine dogmatische. Heilserwartungen sind Religionen. Die erste Religion, die faschistische, war eine Antwort auf eine politische und militärische Niederlage, die ein nationales Minderwertigkeitsgefühl ausgelöst hatte und eine Sehnsucht, davon befreit zu werden. Sie war ein Ausweichen ins Völkisch-Wolkige, in eine Ressentiment-Metaphysik, in einen Höhenrausch von Blut, Boden und Rasse, der ein Siebzig-Millionen-Volk zum irrationalen Abenteuer verlockte, zum Versuch, sich gegen jede Vernunft zur Weltmacht aufzuschwingen, zu einem Tausendjährigen Reich endlich, als Welterlösung konzipiert und in einen blinden Amoklauf einmündend, um schließlich in einem stupiden Ausharren unterzugehen, bis endlich vom ganzen Spuk nichts weiter blieb als die Verwunderung darüber, daß es überhaupt möglich gewesen war; und bis, je ferner diese Zeit rückte, die Verwunderung über sie allmählich der Überzeugung wich, gar so schlimm sei sie offenbar nicht gewesen, ja, sie müsse auch ihre Meriten gehabt haben.

Die zweite Religion, die kommunistische, trat mit einem höheren und logischeren Anspruch auf. Sie war auch die ältere, die rationaler entwickelte, schon dogmatisch gewordene, mit Evangelisten und Kirchenvätern, mit einer durchorganisierten mächtigen Inquisition versehen. Sie sah sich als das neue Rom einer neuen allmächtigen Kirche. Was der alten Kirche mißlungen war, wollte sie verwirklichen: die Welt im Zeichen eines Glaubens zu einigen, den sie für Wissenschaft hielt – hält doch jede Kirche ihre Theologie für eine Wissenschaft.

Nun ist freilich nicht zu übersehen, daß beide Religionen, die kommunistische und die faschistische, gemeinsame Züge aufweisen und daß gerade das Gemeinsame sie vorläufig trennt, um sie später einander näherzubringen: so etwa ihr Manichäismus, die gnostische Vorstellung vom Kampfe des Lichtes mit der Finsternis; im Kommunismus kämpft das Reich der Freiheit mit dem der Not wendigkeit, im Nationalsozialismus die gute mit der schlechten Rasse.

Was sie trennte – sehen wir vom ideologischen Instrumentarium ab –, war der Anspruch auf Internationalität; der Stalinismus gab sich als der einzig wahre Marxismus aus während jede mystische Bewegung, wie der Faschismus, dem Partikularismus zuneigt.

Auch die Abhängigkeit jeder mystischen Religion von dogmatischen Religionen wird sichtbar, es sind gleichsam einzelne Dogmen, die sich selbständig machen und mystische Religionen werden: So war die Russische Revolution das Vorbild der nationalsozialistischen; war jedoch jene als Weltrevolution gedacht, so diese als völkisch-nationale.

Bemerkenswert auch, wie beide Religionen den Neid einsetzten, diese große Stoßkraft aller Rebellionen: beim Kommunismus war es der Neid der Armen auf die Reichen, der Ausgebeuteten auf die Ausbeuter; bei den Nazis wurde der Neid der Habenichtse unter den Völkern auf jene, die alles hatten, genährt.

Beide Religionen schließlich bildeten eine Führungsschicht heraus, die nicht Neid erweckte, der revolutioniert, sondern Furcht, die lähmt. Vor allem traten mit Hitler und Stalin wieder Kaiser und Papst gegeneinander an, wenn auch jetzt ein lächerlicher Kaiser, ein gescheiterter Kunstmaler, eine hoffnungslos verkrachte Existenz, die in einer hoffnungslos verkrachten Zeit nur noch

Politiker werden konnte, gegen einen fürchterlichen Papst, gegen einen Großinquisitor, der, seine persönlichen Machtkämpfe ideologisch tarnend, den Kampfring bestieg; beide von Millionen bedingungslos bewundert, beide von einem Heer von Henkern umgeben.

Wie auch immer: der Kaiser ist ein mystischer, der Papst ein dogmatischer Begriff. Hinter dem Kaiser steht die Idee eines ewigen weltlichen Reiches, er ist der mystische Stellvertreter Gottes, während der Papst ein Stellvertreter seines Sohnes ist, auf den sich die Kirche gründet. Darin nun drückt sich die List des Dogmas aus, das aus der Kirche eine transzendentale Größe macht, eine Rolle, die die kommunistische Partei von ihr übernommen hat: ihre Logik ist der kirchlichen nachgebildet, die Partei ist der Träger der politischen Notwendigkeit, der Parteisekretär gleichsam der irdische Stellvertreter dieser metaphysisch-politischen Notwendigkeit. Dagegen ist der Kaiser ein chiliastisch-mystischer Begriff, seit den Bauernkriegen tief im deutschen Volk verwurzelt, schon damals verknüpft mit der mystischen Idee eines Volkskaisers.

Nun mag dieser Vergleich gewagt sein, aber Irrationales läßt sich nur rational erklären. Es war die Zeit einer Weltwirtschaftskrise, die an sich das Irrationale begünstigt: dunkle geheimnisvolle Kräfte wurden als Urheber vermutet, die internationale Hochfinanz, die Freimaurer, das Weltjudentum. Doch weil diesen Kräften eine Art übermenschliche, bestialische Intelligenz unterschoben wurde, die auf eine Weltunterjochung ausgehe, machte sich ein Antiintellektualismus breit; nicht mehr ein falsches ökonomisches System war schuld, sondern der Materialismus als Geisteshaltung, der Verlust der großen

Ideen wie Nation, Volk, Vaterland usw., die Glaubenslosigkeit, die zu kompliziert gewordene, mathematisierte Entwicklung der Physik, die auch von den Geisteswissenschaften nicht verstanden wurde. Etwas Neues mußte kommen, eine neue Hoffnung, etwas ganz anderes. Und etwas ganz anderes kam.

Es war vielleicht das Weltpech an sich, daß Hitler und Stalin zeitlich zusammenfielen, daß gleichsam der eine den andern und der andere den einen zeugte. Mit Stalin nahm der Marxismus seine denkbar unglücklichste Form an, seine dogmatischste eben, notgedrungen an einen mittelalterlichen Begriffsaberglauben gekettet; daneben der konfuse Mystizismus der Nazis, falsch verstandener Nietzsche, halbverstandener Klages, Rosenbergs Geschwafel, Goebbels' Rhetorik, dann wieder Stefan Georges Urlaute, Wagners Mythologie usw., alles zu einem dampfenden Brei verkocht, an dem man sich die Hände wärmen konnte; und Wärme wollten alle nach der großen intellektuellen Kälte.

So war dem Aufstieg Hitlers nichts entgegenzuhalten, nicht nur die Dummköpfe liefen über, auch ehrliche Arbeiter, auch brave, unbescholtene Bürger, auch Künstler, sogar Intellektuelle, eine einzige gewaltige Flucht in die Nestwärme eines mystischen Aberglaubens, dem als einziger politischer Gegner Stalins dogmatische Pseudodialektik gegenüberstand, auf die, sich gleichsam in die sterile Weltallkälte reiner Begriffe flüchtend, auch ehrliche Arbeiter, auch brave, unbescholtene Bürger, auch Künstler und vor allem Intellektuelle hereinfielen.

Es mußte zum berüchtigten Pakt kommen: die Feinde beider waren doch die Demokratien mit ihren zur Ohnmacht verdammten Versuchen, die Welt rational zu ordnen, institutionell. Gerade deshalb begann der Zweite Weltkrieg nicht als ein Glaubenskrieg, sondern als ein Machtkampf Hitlers gegen die Demokratien, den er mit der Billigung der kommunistischen Kirche führte. Gerade darum wurde Stalin später von Hitlers Angriff überrascht, der Kampf des Mystikers Hitler mit den Demokraten war ihm willkommen gewesen, die eigentliche Auseinandersetzung – die religiöse, die zwischen Dogma und Mystik – kalkulierte er für später ein; es war sein Unglück, daß sie ihm so früh aufgezwungen wurde, denn er konnte über Hitler nur siegen, indem er nun seinerseits den Sowjetkommunismus mystifizierte: nicht die Internationale siegte über die Nazis, sondern das Vaterland, dem nach dem Krieg die mystische Aufgabe zufiel, nun den Kreuzzug gegen den Imperialismus anzuführen, analog der Aufgabe, die Hitler seinem Imperium aufgebürdet hatte, den Kreuzzug gegen den Bolschewismus nämlich.

Stalin projizierte Hitler, den er mit Hilfe der Alliierten besiegt hatte, auf die westlichen Demokratien. Der Faschismus mußte der Weltfeind bleiben, damit der Kalte Krieg den Zweiten Weltkrieg fortsetzen konnte, der materiell nicht mehr möglich war, sondern nur noch ideologisch, verstärkt durch politische Schikanen. Das schloß freilich indirekte Auseinandersetzungen auf Nebenkriegsschauplätzen, wie sie auch heute noch stattfinden, nicht aus – um so mehr als sich die kommunistische Glaubenseinheit zersplitterte und immer mehr Gegen- und Nebenpäpste auftraten.

Nun ist mir freilich bewußt, daß ich die damalige Lage mehr aus jener Zeit deute als aus der heutigen; man mag sich daran stoßen, daß ich den Nationalsozialismus eine mystische Religion nenne, aber es gibt nun einmal primitive Religionen und primitive Mystiken, daran ändert die Tatsache nichts, daß es große Religionen, große Mystiker und große Denker gibt; die Menschheit äfft alles nach, sie wird bisweilen zu ihrer eigenen Parodie.

In einem haben die Marxisten recht behalten: Der Faschismus ist der Weltfeind geblieben, zugegeben, aber ebensogut auf ihrer Seite wie auf der Seite der westlichen Demokratien; freilich nicht so, wie die meisten Linken ihn heute begreifen, als ob er die fürchterliche Alternative zum Marxismus wäre: damit wird der Faschismus in eine politische Ente verwandelt, deretwegen man jeden abschießen kann, den man abschießen will, mit der Ausrede, man hätte auf die Ente gezielt; wie ja auch jene, die im Marxismus die fürchterliche Alternative zur Freiheit sehen, ihre politische Ente mit der gleichen Absicht aus dem Entenstall ihres Geistes fliegen lassen.

Begreift man aber den Faschismus nicht als Doktrin oder gar als Weltanschauung (als hätte ein Pinochet eine solche), was er einmal, wenn auch im Grotesken, war, sondern als ein Zurücksinken in zynisch-kultische Barbarei, die sich politisch tarnt – ob christlich oder marxistisch, ist gleichgültig – in eine Mystik, die nur noch Mystifikation ist; in ein politisch wortabergläubisches Denken mit dem einzigen Ziel, mit allen verbalen Mitteln die Macht zu begründen, hinter der als Drahtzieher stehen kann, wer will – Konzerne, Syndikate oder Imperien, kurz jede Macht, die, skrupellos geworden, zur Diktatur wird (auch wenn sie sich Demokratie oder Volksdemokratie oder was auch immer nennt): so verstanden, wird der Faschismus etwas, das verhindert, und der Marxismus etwas, das überwunden werden muß: durch ein neues politisches Denken.

Wie sehr aber damals Kommunismus und Nationalsozialismus als neue Religionen begriffen wurden, zeigt die Haltung der Kirchen, vor allem die unentschiedene Haltung Pius' XII. Mit dem Marxismus seiner Zeit stand ihm ein anderes Dogma gegenüber, ein anderes Papsttum, das er als Dogmatiker mehr fürchtete als den nebulösen Mystizismus der Nazis und Faschisten: mit ihnen suchte er zu paktieren. Mit Mystikern wird der Dogmatiker im Verlauf der Zeit immer fertig, die Inquisition kann warten, oder die Mystiker richten sich selbst zugrunde, in diesem Punkt waren sich Pius und Stalin einig.

Was aber die deutschen Protestanten betrifft, so sahen sie im Nationalsozialismus vorerst durchaus nicht bloß etwas Negatives – viele Deutschnationale waren unter ihnen, und für die meisten war der Kommunismus die große Gefahr; ›Holt den Kaiser wieder‹ war das bekannte Buch eines Pastors, das mein Vater gerne las, und er war stolz, daß Niemöller Unterseebootskapitän gewesen war. Der Protestantismus war schwankend, die Ehrfurcht vor der Obrigkeit eingewurzelt, Gott selbst hatte die Ordnung gesetzt, zwischen der Obrigkeit und den Untertanen gab es keine Instanz, der Protestantismus mußte sich gleichsam ›katholisieren‹.

Der Widerstand entzündete sich denn auch am Dogmatischen, die Bekenntniskirche war eine dogmatische Kirche, ebenso wie Barths Riesenwerk eine Dogmatik der Kirche war, nicht die eines Einzelnen (darum kommt Kierkegaard darin auch kaum vor), ein Denkgebäude, das nicht nur mit den harmlosen ›Deutschen Christen‹ in Streit geriet, sondern auch mit der Theologie eines Albert Schweitzer oder eines Emil Brunner. Karl Barths Schrift ›Nein‹, herausgegeben 1934 im Chr. Kaiser Verlag München, verletzte meinen Vater, er schätzte Brunner, und alles Radikale stieß ihn ab. Daß Brunners ›Natürliche Theologie‹ keine Waffe gegen Hitler war, vermochte mein Vater nicht einzusehen, für ihn war das Christentum eine positive, staatserhaltende Macht. Daß es damals das Schicksal des Protestantismus war, im Kampf zwischen Kaiser und Papst wieder dogmatisch zu werden, so sehr, daß nicht einmal mehr das ›positive Christentum‹ genügte, konnte meinem Vater nicht einleuchten, er hoffte immer noch, Hitler sei so etwas wie ein göttliches Werkzeug zur Überwindung des atheistischen Kommunismus, ein Werkzeug freilich, das ihn immer mehr entsetzte.

Nun, nachträglich gesehen ging auch die Taktik der ›bekennenden Kirche‹ nicht auf. Indem sie, ob katholisch oder protestantisch, ihr Dogma ausbaute und, um glaubhaft zu bleiben, auf jede Macht verzichtete – was nicht heißt, daß sie, keinen geistigen Widerstand leistete –, wurde sie, nach dem materiellen Zusammenbruch des Kaisers und dem geistigen des Papstes, wieder ins politische Spiel eingemischt und mischte bald allzu willig mit. Nicht Hitlers Triumph, sein Untergang hat die Kirche, ob protestantisch oder katholisch, korrumpiert. Nicht damals, jetzt ist sie in der Krise.

Schon vor Kriegsausbruch lernte ich Emigranten kennen: daß die Greuelmärchen Märchen waren, wurde immer weniger glaubhaft. Mein naives politisches Weltbild stürzte zusammen – und ich ins Leere. Es war für mich unmöglich, im Weltgeschehen einen Kampf zwischen ›guten und schlechten Mächten‹ zu sehen, was damals die meisten taten, wenn auch etwas verwirrt, weil ja durch die Strategie des größten Feldherrn aller Zeiten sich auch die Sowjetunion auf die Seite der Alliierten schlug.

Daß zur Beurteilung der blutigen Farce noch andere als moralische Kategorien anwendbar waren, kam meinem Radikalismus nicht in den Sinn. Das Zusammenkrachen Europas spielte sich für mich wie eine Naturkatastrophe jenseits aller Moral, aber auch jenseits aller Vernunft ab, für mich trugen alle die Schuld an einem Massaker ohnegleichen, die Opfer und die Henker, der Strudel einer unsinnigen Apokalypse riß alle hinab. Der Mensch erschien mir als kosmischer Mißgriff, als Fehlkonstruktion eines offenbar gleichgültigen, wenn nicht stumpfsinnigen Gottes, für den bestenfalls Hitler als Symbol dienen konnte, als Weltfratze, von der allgemeinen Unvernunft heraufbeschworen. *Der Winterkrieg in Tibet* ist daher nicht ein Modell des Zweiten Weltkrieges, auch wenn er sich nach dem Dritten Weltkrieg abspielt, sondern ein Gleichnis dessen, was ich in ihm sah und was sich ankündigte, der Ausgangspunkt einer innerlichen Rebellion gegen eine falsche Welt.

Nun hat es diese Rebellion natürlich immer gegeben, und gerade jetzt scheint sie unter der Jugend mehr denn je verbreitet, doch neigt sie heute teils alten, wenn auch leicht variierten Ideologien, teils neuen Gesellschaftsformen, teils noch neueren Glaubensinhalten zu, so etwa im

Jahre 1968 nach der Besetzung der Tschechoslowakei bei einer Protestkundgebung mit Basler Studenten:

Der Saal überfüllt. Konrad Farner sprach eigenwillig. Dubček sei keine Lösung gewesen, überhaupt keine, ebensowenig der Sowjetkommunismus, der eine Farce sei, den einzigen wirklichen Kommunismus habe er in der Tschechoslowakei bei einer kleinen Gruppe christlicher Täufer gefunden, der Kommunismus verlange die Veränderung des gesellschaftlichen Systems durch den veränderten Menschen.

Die Studenten glotzten ehrfurchtsvoll, aber verständnislos, was wollte der Mann, einst der Ideologe der Partei der Arbeit, der noch für die Unterwerfung Ungarns eingetreten war und es schwer hatte büßen müssen (denn damals ritt jedermann auf der Grundwelle des Volkszorns daher: die ganze Schweiz leistete sich in jenen Zeiten einen geistigen Widerstand, der sie nichts kostete – Österreich lag schließlich, Gott sei Dank, dazwischen). Was sollte man mit diesem Kommunismus anfangen, den er jetzt predigte, der nicht eine Weltanschauung oder eine Ideologie, sondern eine ökonomische Notwendigkeit war, die auch ein Christ, Jude, Muslim oder Buddhist annehmen konnte, ohne aufzuhören, Christ, Jude, Muslim oder Buddhist zu sein?

Darauf sprach ich, improvisiert, sicher wirr, weil ich als Schriftsteller so gar kein Improvisator bin. Die marxistische Idee sei schön und gut, aber sie brauche Zeit, sich zu verwirklichen, ernorme Zeit, und ich befürchte bloß, daß die Menschheit, der nicht mehr soviel Zeit zur Verfügung stehe, vorher zum Teufel ginge. Wohlwollende Ablehnung – man zieht auch nicht in einer Versammlung der Zeugen Jehovas Christi Wiederkunft in Zweifel.

Ein junger Student fegte uns beide vom Platz, nicht unfreundlich, blonde Mähne, blonder Bart, ein junger Wotan: aber – zur Erleichterung der Gemeinde – ohne Ideologie gehe es nicht – tobender Beifall; ohne Reinheit der Lehre sei keine Politik möglich – der Saal toste. Wotan steigerte sich, wurde messerscharf: nun aufgepaßt und hingehört – aus dem blonden Gestrüpp blitzte es blau – warum es beim Kommunismus bis jetzt nie geklappt habe, darauf seien eben Dubček und die Prager Genossen gestoßen, Punkt so und Punkt so ihres Programms usw. – Begeisterung; wieder einmal lag die Lösung dort, wo sie zwar noch nie, aber doch beinahe realisiert wurde, wieder einmal hatten die Marxisten recht, aber einfach Pech gehabt; nur noch einen Schritt, eine winzige Korrektur, und das Ganze wäre erreicht gewesen, war eigentlich schon erreicht; nur noch die Realisierung fehlte, eine Nebensächlichkeit, eine Frage von Wochen, Monaten, einigen lumpigen Jahren, Jahrzehnten. Wie die Mauer um Jericho fiel der Spätkapitalismus ob Wotans gewaltigem Blasen in sich zusammen; während sich mehr als ein Vierteljahrhundert früher meine Rebellion gegen jede Ideologie, gegen jede Gesellschaft und gegen jeden Glauben gerichtet hatte. Sie war apolitisch, weil sie gegen jede Politik war.

Gewiß, wir lebten damals in der Schweiz unter anderen politischen Voraussetzungen als heute, andere Gesetze waren wirksam, wir bewegten uns in der unheimlichen Ruhe wie im Zentrum eines Taifuns, während wir heute – von damals aus gesehen – in einer märchenhaften Freiheit leben; der Taifun zieht gleichsam abgeflacht, weit entfernt seine Kreise.

Alles Heutige, von damals aus gesehen, wirkt unbegreiflich, bizarr, aber auch alles Damalige, von heute aus betrachtet. Der Gegensatz zwischen dem Weltuntergang, der sich jenseits der in Wirklichkeit doch so nahen Grenzen abspielte, und der eigenen behüteten Situation, die sich, vom Weltuntergang aus beobachtet, als absurde Idylle abspielen mußte, war zu kraß und rief einen Geisteszustand hervor, der nachträglich schwer verständlich ist. Was wir heute als Fehlentscheidungen, als Mangel an Mut usw. beurteilen, waren oft nur Reflexhandlungen, denn die Schweiz war trotz ihrer Isolierung nicht außerhalb des Geschehens.

Dennoch ist die Fiktion, die heute wiederaufgestellt wird, der Zweite Weltkrieg sei ein Klassenkampf gewesen und die Linksparteien hätten die Schweiz gerettet, Unsinn. Das Verdienst der Sozialdemokraten, nicht nur den Faschismus, sondern auch den Stalinismus durchschaut zu haben, soll nicht geschmälert werden; aber es gab auch bürgerliche Politiker, und sie waren in der Mehrzahl, die den Nationalsozialismus durchschauten; den Anschluß wollten nicht einmal die Frontisten, was die wollten, war eine groteske anachronistische ›schweizerische Schweiz‹. Daß die mystische Afterreligion des Faschismus in bäuerlichen und bürgerlichen Kreisen teilweise auf tiefe Sympathien stieß, ist nicht zu leugnen, doch die Schweiz als unabhängigen Staat vermochte sie ebensowenig zu erschüttern wie der Stalinismus.

Daß dessen Anhänger bei weitem wirkungsloser blieben als die Sympathisanten der Nazis, ist kein Argument, die Schweiz im Zweiten Weltkrieg nachträglich als faschistischen Staat abzustempeln; sie war ein Staat, der sich ins Freie schwindelte, indem die Linke immer wußte, was die Rechte tat, was nur möglich war, weil weder die Rechte ganz rechts noch die Linke ganz links war. Daß diese Politik des Sowohl-als-auch zynisch war, daß sie Abertausende unter dem Vorwand, das Boot sei voll, in den Tod trieb, ist nicht zu leugnen; keine Politik ist zu rechtfertigen, auch die einer tristen Lage nicht: Der Zweite Weltkrieg ist das Abbild unserer Schwäche, nicht unseres Heldentums. Doch gerade unsere Schwäche haben wir nicht zu besudeln, den Gedanken daran nicht zu unterdrücken, wir würden heute vielleicht noch schändlicher handeln.

Der erste Stein ist der mutigste, nun kommen die schlechtesten, die letzten: Die, welche von Hitlers Sieg überzeugt waren, nachträglich als Landesverräter zu bezeichnen, ist leicht; einige mögen es gewesen sein, andere waren Patrioten, die eine Schweiz nach Hitlers Sieg zu konzipieren suchten, weil sie an diesen Sieg glaubten. Ich verdamme auch die nicht, die damals eine kommunistische Konzeption der Schweiz suchten, weil sie Stalins Sieg voraussahen und übersahen, daß dieser Sieg ohne die Westmächte nicht möglich war, so daß auch sie ihre Konzeption nicht durchzusetzen vermochten. Ich bin froh, daß sich keine der beiden Konzeptionen durchgesetzt hat; mag auch das, was sich durchsetzte, noch so problematisch gewesen sein!

Man wagte langsam aufzuatmen: mit dem Angriff auf die Sowjetunion war die unmittelbare Gefahr, von Hitler angegriffen zu werden, vorbei. Noch kam eine Siegesmeldung nach der anderen aus dem Osten, mehrmals wurde die Niederlage Rußlands verkündet, zu oft; man richtete sich insgeheim schon darauf ein, wieder einmal davongekommen zu sein. Nicht ohne schlechtes Gewissen, spürte man doch unwillkürlich, daß man für Hitler eher nützlich als bedrohlich war: man arbeitete für ihn, man stellte ihm unsere Tunnel zur Verfügung, seine Züge rollten durch den Gotthard, den Lötschberg, den Simplon ins oberitalienische Industriegebiet.

Darum ging man doppelt vorsichtig vor, man fürchtete, im letzten Moment noch zu stolpern. Mut war ein Verbrechen, Mutlosigkeit Staatsräson; so drückte sich unser Land um ein Heldentum, worum sich gedrückt zu haben von jenen immer mehr bestritten wird, die damals wirklich keine Helden waren. Unsere Feigheit rettete uns, nicht unser Mut – der hätte uns vielleicht vernichtet.

Selbst die Landesverräter, die wir erschossen, erschossen wir, um unseren Mut zu beweisen. Was sie verrieten, waren Lappalien, Offiziere waren sie ohnehin nicht, ein Exempel mußte statuiert werden, und die meisten exekutierte man zu einem Zeitpunkt, da der Beweis unseres Mutes nicht mehr nötig war; aber so hatten wir ihn doch irgendwie bewiesen. Unsere Landesverräter starben den einzigen Heldentod, den wir zu verzeichnen haben: Sie wagten den illegalen, nicht den geistigen Verrat – der war legal.

Darum feiern wir nachträglich unser Heldentum und vergessen unsere Opfer, die Juden, die wir von unseren Grenzen wiesen, unter dem Vorwand, sie seien keine politischen Flüchtlinge. Sie kamen außerhalb unserer Grenzen um. Unsere sauberen Hände sind unsere Schande. Doch wurden wir damals von einer schändlichen Zeit zu einer schändlichen Unschuld gezwungen. Unsere Unschuld heute ist noch schändlicher: Auch die Spielhöllen, in denen wir unser Geld verspielen, die Spitäler, in denen wir unsere Kinder abtreiben, die Gangstersyndikate, die Clans der süd- und mittelamerikanischen Diktaturen, die Firmen der Steuerhinterzieher, die bei uns ihr Geld anlegen, die Arbeitskräfte, die für uns am billigsten produzieren, sie alle befinden sich außerhalb unserer Grenzen. Außerhalb unserer Grenzen kommen auch die Waffen zum Einsatz, die wir ausführen, aber über unsere Grenzen schieben wir auch die Arbeitslosen ab, unsere Fremdarbeiter, wenn wir sie nicht mehr brauchen. Die Strahlungskraft der Eidgenossenschaft ist düster. Wieder sind unsere Hände sauber, nicht von, sondern vor Schuld. Korrumpierte uns einst die Zeit, korrumpieren wir jetzt sie.

Doch der Einzelne war damals ohnmächtiger als heute. Sein Protest konnte alle gefährden, heute gefährdet er nur ihn. Er vermochte nicht zu lavieren wie der Staat, er hatte ein Gewissen; nichts war schwerer zu ertragen als die Gnade des Verschontseins, sie wurde bezahlt durch den Fluch der Ohnmacht, die wiederum einem, der nicht davonkam, der mitgerissen wurde, lächerlich, wenn nicht gar schändlich erschien. So fühlte auch ich mich lächerlich, und das Gefühl, mich im Weltgeschehen in einer allzu exquisiten, ja unanständigen Lage zu befinden, stürzte mich in eine immer ausweglosere Rebellion gegen alles.

Die heutige Modefrage, von jedem Reporter, von jedem Kritiker vorgebracht, die moderne Gretchenfrage, ob man denn mit dem, was man schreibe, nicht die Welt verändern wolle oder könne, oder gar, warum man sie noch nicht verändert habe, war für mich schon damals Unsinn. Es war wie bei einer ungeheuren Schiffskatastrophe: Fragen an die zu richten, welche der infernalische Strudel verschlang, oder an jene, die im Rettungsboot dahintrieben, wäre mir als irrelevant, ja unanständig vorgekommen, krachte doch das Weltgebäude zusammen: Ich hätte am liebsten auch noch das Verschonte zertrümmert.

An einem Sonntagvormittag stand ich an der Loeb-Ecke, am Bahnhofplatz, der Heiliggeistkirche gegenüber, und die Menschen, die aus dem Portal der Kirche strömten, beieinanderstanden oder zu den Trams eilten, verwandelten sich vor mir in Tiere. Nicht daß sie wie Tiere ausgesehen hätten, wie Kühe oder Schafe oder Wölfe, aber ich wußte plötzlich, daß es Tiere waren, die sich an mir vorbeibewegten, nichts als Tiere, die den Bahnhofplatz überquerten, schreckliche, geistlose, rohe, aufrecht gehende Primaten; und ich flüchtete die Lauben hinunter, über die Nydeggbrücke und die Haspelgasse hinauf nach Hause.

Ich brauchte Abstand. Auch im Labyrinth muß man zurücktreten können, und sei es nur, daß man sich in eine Nische zurückzieht, um in den Korridor, durch den man gekommen ist, zurückzuspähen oder um sich zu überlegen, welchen der Korridore, die sich vor einem auftun, man nun wählen wolle.

Ich beschloß, mich auf die Maturität vorzubereiten; zwar riet die Privatschule ab, meine Leistungen waren ungenügend, aber um die Schule so oder so zu beenden, unterschlug ich den ungünstigen Bericht und machte mich mit einem Freund, der bei uns wohnte, in den Sommerferien an die Arbeit.

Der Freund war älter als ich. Er kam aus einem Bauerndorf nicht weit von Olten, seine Eltern waren Bauern, und seine Freundin war, wie ich mich erinnere, eine zerquälte junge Frau, mit der er ein ebenso zerquältes Verhältnis unterhielt. Wenn sie ihn besuchte, nahm er mich aus lauter Verlegenheit mit, um sich nicht aussprechen zu müssen. Er wagte nicht, sie loszuwerden.

Meinem Vater war das Ganze suspekt, er witterte Sünde, und als ich einmal gegen zwei Uhr nachts allein heimkehrte, nachdem ich die beiden kurzentschlossen ihrem Schicksal überlassen hatte, waren meine Eltern noch auf; mein Vater im Nachthemd machte mir eine Szene, sprach von Unsittlichkeit. Er kam mir wie ein ungeheurer Narr vor, er tobte weiter, griff mich an, ich warf ihn gegen die Wand. Mein Vater schwieg, ich ging auf mein Zimmer, über die Szene wurde niemals mehr ein Wort verloren, sie war wie nie geschehen.

Der Freund blieb, seine Freundin besuchte ihn weiter, bis sie plötzlich ausblieb. Von der deutschen Literatur hatte mein Freund keine Ahnung, da konnte ich ihm helfen, aber von Physik hatten wir beide keine Ahnung, da konnte nur eine Gewaltanstrengung helfen: Wir versuchten, in den zwei Monaten, die uns blieben, mit einem jungen Physiker die Physik nachzuholen, die wir all die Jahre geschwänzt hatten.

Die Physik begann mich zu faszinieren: zum ersten Mal wurden meinem nebulösen Denken konkrete Grenzen gesetzt; zum ersten Mal ahnte ich, was exakte Begriffe bedeuten: nicht eine Wahrheit, die gänzlich unabhängig vom Menschen wäre, im Gegenteil, aber eine Wahrheit, die es nur dank der Vernunft gibt, von ihr kunstvoll und oft listenreich erstellt, eine ›menschliche Wahrheit‹; als solche gewiß unendlich anspruchsloser als die ›göttliche Wahrheit‹, aber dafür unendlich gewisser, weil sie nachprüfbar und widerlegbar ist und keinen Glauben verlangt, wie ich damals meinte.

Wir arbeiteten irgendwo im Universitätsviertel in der Wohnung des Physikers bis tief in die Nacht; oft dämmerte der Morgen, wenn wir mit unseren Studien aufhörten; die letzte Stunde verging mit Diskutieren, bald über dies, bald über jenes physikalische Problem, das mir wichtiger erschien als die Weltpolitik. Dazu wurde Walliser getrunken, Weißwein in einer wissenschaftlichen Reihenfolge: drei Flaschen Fendant, zwei Flaschen Johannisberger, eine Flasche Malvoisie; dazu aßen wir Baumnüsse, die ohne Lebensmittelmarken aufzutreiben waren.

Eines Nachts, gegen zwei, draußen ein dicker milchiger Nebel, der den Vollmond verbarg, kamen wir auf die leichte Veränderbarkeit der Welt durch falsche Informationen zu sprechen. Wir begannen zu experimentieren. Wir riefen immer wieder das meteorologische Institut der Universität an, um, fingiert in allen möglichen Schweizer Dialekten, aus allen möglichen Orten des Landes das seltsame Aussehen des Vollmondes zu schildern, der auch für das nahe meteorologische Institut hinter dem Nebel versteckt war. Bald schilderten wir den Vollmond doppelt sichtbar, bald drei-, bald vierfach, bald halbiert, bald viereckig, bald mit einem dreifachen Regenbogen umgeben. Ich meldete mich als Emmentaler Bauer in höchster Furcht, die Welt ginge unter, mein Freund stellte sich als Fritz Steuri, Konkordiahütte, vor; Steuri war damals ein bekannter Bergführer, die Konkordiahütte, hoch in den Alpen gelegen, besaß kein Telefon.

Die Studentin, die im meteorologischen Institut die Anrufe entgegenzunehmen hatte, wurde immer aufgeregter, sie riet den verschiedenen und doch immer gleichen Anrufern, die Erscheinung, die der Vollmond darbiete, zu fotografieren oder doch zu zeichnen. Besonders aufgeregt wurde sie, als der Physiker sich am Telefon als ein bekannter Physiker aus Zürich meldete, fragte, ob auch sie Nachrichten von einem merkwürdigen Aussehen des Vollmondes erhalten habe, eine komplizierte pseudowissenschaftliche Theorie über das Phänomen vorbrachte und hin und wieder fragte, ob sie ihn auch verstehe, was sie jedesmal bejahte.

Gegen halb fünf stellten wir unsere Anrufe ein. Die Studentin arbeitete unverdrossen weiter, sie hatte einen umfangreichen Bericht über das erfundene Naturphänomen zu verfassen, das der Professor dann auch ausführlich vor den Studenten erläuterte, es mit atmosphärischen Bedingungen erklärte, die immer noch abergläubische Weltuntergangsfurcht gewisser Bevölkerungsschichten tadelte und besonders Fritz Steuri lobte, der sich am ›besonnensten‹ verhalten habe, wie uns der Physiker später erzählte. Er hatte der Vorlesung beigewohnt.

Der Vorfall blieb nicht ohne Folgen: eine Vorliebe für die Physik hat mich seitdem nie mehr verlassen. Sie und die Mathematik sind die einzigen Fächer, von denen ich bedaure, sie in meiner Gymnasial- und Universitätszeit nicht fleißiger studiert zu haben. Die Erkenntnis, daß gerade sie für mich wichtig wären, kam zu spät, und nun bleibt mir nichts anderes übrig, als in ihnen zu stümpern. Wohl lese ich mathematische oder physikalische Bücher, doch vermag ich ihren Inhalt bloß zu ahnen.

Dagegen kommen mir heute meine damaligen Griechisch- und Lateinstudien überflüssig vor, und so ließ es sich denn nicht vermeiden, daß ich die Maturität mit dem Gefühl bestand, etwas Überflüssiges hinter mich gebracht zu haben. In Wirklichkeit habe ich sie bloß bestanden, weil ich als berufliches Ziel die Kunstmalerei angegeben hatte: Wer wollte schon einen Kunstmaler durchfallen lassen, der als Student ohnehin nicht in Frage kam.

Daß ich dann doch Student wurde, war dem ungünstigen Urteil eines Professors der Kunstgeschichte zu verdanken, der, nachdem er meine Bilder begutachtet hatte, meine Eltern überredete, mich zu überreden, Literatur und Kunstgeschichte zu studieren. Ich gab nach. Die innere Unsicherheit war zu groß, die Lust, an eine Kunstgewerbeschule zu gehen, zu gering.

Vor Beginn meiner Studien zog ich mich für einige Wochen in ein Bergtal zurück, in ein kleines Bergdorf in der Mitte des Tals, an dessen Ausgang ein anderes, größeres Dorf lag, von dem das Bergdorf durch einen steil ansteigenden Wald getrennt war. Hinter dem Bergdorf stieg das Tal dann wieder jäh an, verzweigte sich und verlief sich im Hochgebirge. Mein Aufenthalt in dieser Berglandschaft kam mir wie eine Rückkehr ins Jugendland vor. Ich lebte allein, meine Eltern hatten bei einem Bauern etwas außerhalb des Dorfes eine kleine Ferienwohnung gemietet.

Der Bauer war der ›Tierkundige‹ des Tals, oft holten ihn die anderen. Eines Nachts begleitete ich ihn, ein stundenlanger Weg durch Wälder hinauf und über eine Alp, im Stall lag eine Kuh, die Männer hoben sie auf, die Bäuerin gab der Kuh Wein zu trinken, mein Bauer schob seine Hemdsärmel zurück, tauchte bis zur Achsel, wie es mir schien, in den Leib des großen Tiers, drehte, dann kam das Kalb, klatschnaß, wurde abgerieben, noch einen Kaffee mit Schnaps, und wir machten uns im strömenden Regen auf den Heimweg. Überhaupt regnete es wochenlang, gleichmäßig, stur, die Vorberge verhangen; selten, daß sich die Wolken lichteten.

In der Spezereihandlung, wo man das Notwendigste kaufen konnte, traf ich einen Schulkameraden mit einem Mädchen, das mir in der Stadt unter den Lauben schon aufgefallen war, ich hatte jedoch nie gewagt, es anzusprechen. Er grüßte mich flüchtig, meine Anwesenheit war ihm lästig und ihr gleichgültig. Ich kehrte in mein Bauernhaus zurück.

Ich las E. T. A. Hoffmann, fünf dicke Bände in kleiner Schrift; am meisten begeisterte mich die ›Prinzessin Brambilla‹. Nachts soff ich mit den Bauern. Im Bergdorf war nicht viel vom Krieg zu spüren. Im Gasthof, der zugleich ein Hotel war, saß am Abend ein Engländer steif vor einer Flasche Rotem, um sich punkt zehn zu erheben, ohne an jemanden ein Wort zu richten; er sprach nicht Deutsch und wir sprachen nicht Englisch.

Obgleich die Nahrungsmittel rationiert waren, nahm man es nicht so genau; und oft, morgens um vier, nach einer wilden Zecherei in der Gaststube, zogen wir zum Gemeindepräsidenten, der Bäcker war und dessen Frau die Spezereihandlung führte. Der Bäcker setzte jedem, der mitgezecht hatte, in der Backstube acht Spiegeleier vor; dann, bei Sonnenaufgang, zog ich heimwärts oder schlenderte einen kleinen Bach entlang, das Tal aufwärts, bis ich schließlich in eine Waldschlucht gelangte und zu einem kleinen Wasserfall; diesen Weg ging ich mehrmals am Tag. Einmal lag vor dem Wasserfall ein totes Reh.

Ich begann, auf diesem Spaziergang mehrere Stoffe zu konzipieren, unter anderem eine Komödie, an der ich noch jahrelang herumschrieb; die ersten Szenen im büchnerschen Stil mögen im Bergdorf entstanden sein.

Aber mehr als E. T. A. Hoffmann und mehr als meine ersten literarischen Versuche interessierten mich die Bergbauern. Sie waren urtümlich abergläubisch, und ihre Leidenschaft war das Wildern, und wer vom Wildern nicht zurückkehrte, wer auf der Jagd den Tod in den Bergen fand, ging in die Legende ein: »Er hat die weiße Gemse gesehen und ist noch einmal zurückgekehrt, eine zu schießen.«

Mit dem Tod des Wirts, in dessen Gasthof wir tranken, beschäftigten sie sich immer noch. Der Wirt sei vor fünf Jahren spät in der Nacht vom Unterland mit seinem Fuhrwerk ins Bergdorf zurückgekehrt, berichteten sie. Um Mitternacht, bei Vollmond, im Wald unterhalb des Dorfs, im Stinkhaldenwald, habe ihn ein Mann aufgehalten, die zwei Pferde seien einfach stehengeblieben; doch statt des Mannes sei ein riesiger schneeweißer Wolfshund neben den Wirt auf den Bocksitz gesprungen und habe gesagt: »Du kannst weiterfahren.« Und als der Wirt zum Ausgang des Waldes gekommen sei, habe der weiße Wolfshund gesagt: »Halt an«, sei vom Wagen gesprungen und im Wald verschwunden. Drei Tage darauf seien die beiden Pferde verendet und drei weitere Tage später sei der Wirt gestorben.

Nach anderen Berichten hätten sich die beiden Pferde von der Deichsel gelöst und seien davongestoben, das Fuhrwerk sei mit dem Hund neben dem Wirt von selber den Wald hinaufgerasselt; wieder andere behaupteten, der Wirt habe nicht sein Fuhrwerk dabeigehabt, sondern sein Auto; und der Schuhmacher meinte, der weiße Wolfshund sei der Geist des letzten Wolfes gewesen: seit es keine Wölfe mehr gebe, seien die Berge am Sterben, sie fielen in sich zusammen, das merke man jedes Jahr. Ich trank meinen Roten und hörte zu.

Wenige Tage später kehrte ich vom Dorf am Ende des Tals ins Bergdorf zurück.

Ich hatte den Pfarrer besucht, der sich mit Bildhauerei die Zeit vertrieb und am Sonntag seine Predigten aus dem Stegreif hielt – zu meinem Ärger, wenn ich an meinen fleißigen Vater dachte, mit seinen gestochenen, unleserlichen Manuskripten, mit denen er sich für jede Predigt vorbereitete. Wozu auch, hatte der bildhauernde Pfarrer gesagt, was er am Sonntag den paar Weiblein erzähle, sei vollkommen gleichgültig.

Der Weg war steil, Vollmond, am Himmel jagten die Wolken, unnatürliche Helle wechselte mit tiefer Dunkelheit, ich mußte mein Velo schieben, mitten im Stinkhaldenwald hielt ich an, rief mit lauter Stimme: »Stinkhaudiwaudhung, chumm« (Stinkhaldenwaldhund, komm), warf mich dann von Panik erfaßt aufs Rad und strampelte bergauf, der Wald schloß sich, lichtete sich, schloß sich wieder, und endlich erreichte ich völlig erschöpft, in Schweiß gebadet, das Bergdorf, setzte mich zu den Bauern an den Tisch, bestellte Roten und schämte mich, davon zu erzählen. Nur der Gemeindepräsident schaute mich kurz an und meinte: »Du bist im Stinkhaldenwald gewesen, aber den Hund hast du nicht gesehen, den Städtern erscheint er nicht.« Dann schwieg er und sagte einige Tage kein Wort mehr zu mir.

Bevor ich jedoch wieder in die Stadt zurückging, lud er mich am Abend vor meiner Abreise zu einer Abschiedsfeier ein. Ich wollte früh fahren. Gegen Morgen um fünf siedelten wir vom Wirtshaus in den Keller der Bäckerei über zu Spiegeleiern und Schnaps; auf die Spiegeleier folgten Käse und Schnaps, dann tranken wir Kaffee und Schnaps, um auf Rösti und Schnaps überzugehen; später wurden Sardinenbüchsen geöffnet, um den Schnaps, den wir immer noch tranken, besser zu ertragen.

Endlich, gegen fünf Uhr nachmittags, bestieg ich mein Rad – auf das ich schon vorsorglich mein Gepäck geschnallt hatte –, der Rausch kam erst beim Fahren, ich sauste durch den Stinkhaldenwald hinunter, immer schreiend: »Hung, chumm! Hung, chumm!« Endlich bemerkte ich, daß aus dem Pneu meines Hinterrades die Luft entwichen war. Außerstande, den Schaden selber zu beheben, suchte ich im Dorf am Ende des Tals eine Werkstätte auf. Das Rad war verbogen. Ich hatte eine Stunde zu warten.

Ich beschloß, betrunken wie ich war, den Pfarrer des Dorfs zum Heidentum zu bekehren. Wenn er schon bildhauerte, sollte er auch ein Heide sein. Ich ging zum großen Pfarrhaus neben der Kirche, klingelte; eine Frau öffnete, die ich entweder noch nie gesehen hatte oder in meinem Rausch nicht wiedererkannte. Ich fragte schwankend, ob sie die Frau Pfarrer sei, sie bejahte verängstigt; ich verlangte, ihren Mann zu sprechen. Der Pfarrer erschien, erkannte mich wieder, und ich fragte, ihn fixierend, ob er an Gott glaube. Ja, antwortete er verwundert, er glaube an Gott. Ein Fehler, sagte ich. Der Pfarrer nahm mich in seine Studierstube. Das Streitgespräch begann.

Der Pfarrer kämpfte um seinen Glauben, ich zitierte Kant, Hegel, Nietzsche, Schopenhauer, nicht etwa, weil ich so belesen war, aber in meiner Betrunkenheit erfand ich Aussprüche dieser Philosophen mit einer Überzeugungskraft, daß der Pfarrer glauben mußte, einsam einem mit allen Philosophen vertrauten Atheisten gegenüberzusitzen. Er wehrte sich tapfer, wenn auch seelisch angeschlagen, erschüttert von der Macht meines Unglaubens. Er lud mich zum Abendessen ein. Ich nahm die Einladung an, beim Essen diskutierten wir weiter, ich war immer noch betrunken, erinnerte mich plötzlich an mein Rad, erhob mich vom Tisch und eilte, ohne Abschied zu nehmen, aus dem Pfarrhaus.

Es war schon spät, die Werkstatt geschlossen, ich trieb den Fahrradhändler im Wirtshaus auf, erhielt mein Velo und radelte in die Stadt, wo ich gegen halb drei ankam und mich aufs Bett warf, immer noch besoffen.

Einige Wochen später kehrte ich gegen Abend durch die Lauben von der Universität zurück, als mir jemand mit Wucht von hinten auf die Schultern schlug. Es war einer der Bauern aus dem Bergdorf, er kam vom Markt, seine Brieftasche voller Geldscheine: auf dem Markt war er einen Stier losgeworden. Er lud mich zum Abendessen in eine Kneipe in der Metzgergasse ein, nachher wünschte er, das Corso zu besuchen, damals für einen Bauern der Inbegriff der Sünde, ein Lokal, wo sich die Dirnen zu versammeln pflegten. Oben waren eine Bar und eine Empore, von der man auf das Lokal hinuntersehen konnte, wo zu einer Kapelle getanzt wurde.

Der Bauer hatte schon in der Metzgergasse übermäßig Wein getrunken, in der Bar trank er nur noch Kaffee und Schnaps, ich bestellte mir Weißwein. Wir machten es uns auf den Barsesseln bequem, der Bauer trank mehrere Kirsch, dann wollte er die Huren tanzen sehen, wie er sich ausdrückte. Ich mußte ihn zur Empore führen, er wäre hingefallen, doch als er auf die Tanzfläche hinunterstarrte, wurde er mit einem Schlag nüchtern: »Da tanzt ja unser Wildhüter«, flüsterte er, rannte in die Bar zurück, kaum daß ich ihm folgen konnte, verlangte zu telefonieren; und vom Büro der Corsowirtin aus rief er den Gemeindepräsidenten des Bergdorfs an, der Wildhüter tanze im Corso. Noch in der Nacht brach das ganze Dorf zur Gemsjagd auf, im Morgengrauen fielen die ersten Schüsse, darauf sei es wie im Manöver gewesen, erzählte der Bauer, als ich ihn später einmal in der Gerechtigkeitsgasse traf. Aber ins Corso wollte er nicht mehr. Dann vergaß ich das Dorf.

Der Entstehung von Stoffen nachzuspüren, ist nicht einfach. Oft sind es Erinnerungen, die sich im Unbewußten mit einem Einfall verbunden haben, der, taucht er wieder auf, scheinbar nichts mit den Erinnerungen zu tun hat. Indem ich die Entwicklung meines Denkens anhand der Geschichte meiner ungeschriebenen und damit, unwillkürlich, auch meiner geschriebenen Stoffe darzustellen versuche, genauer noch: der Beziehung zwischen Erleben, Phantasie und Stoff nachtaste, um eine Dramaturgie der Phantasie aufzuspüren, läßt sich Autobiographisches nicht vermeiden, damit auch nicht Lappalien, ja Läppisches, allein deshalb, weil auch im Nebensächlichsten oft die Keime zu Stoffen liegen; *bleibt* das Autobiographische jedoch nebensächlich, bloße Lappalie, ist es fallenzulassen.

So war ich entschlossen, das Bergdorfkapitel zu streichen: Es schien mir keine Rolle zu spielen, ob ich in meinem Leben einige Wochen in einem Bergdorf gelebt hatte oder nicht. Beim Wiederlesen nahm ich dennoch, mehr aus Gewohnheit, mehrere Korrekturen vor, und plötzlich tauchte aus den verschiedenen Motiven, zum Beispiel aus der Mondgeschichte während meines Physikstudiums und aus dem Zusammenleben mit den Bergbauern, die Erinnerung an einen Stoff auf, den ich einmal *Mondfinsternis* genannt habe und aus dem sich dann *Der Besuch der alten Dame* entwickelt hat. Ich erlebte die gleiche Überraschung, wie ich sie beim Schreiben des *Winterkriegs* erlebt hatte:

Ich saß bei meinem Freund Liechti. Es war Samstag, die letzten Gäste gegangen, wir tranken eine Flasche Figeac, ich zeichnete.

Hans kommt aus einem der Dörfer, das an die Kirchgemeinde meines Vaters grenzt. Er ist drei Jahre jünger als ich. Wir besuchten beide dieselbe Sekundarschule, wir hatten beide dieselben Lehrer. In seiner ›Beiz‹ sitze und esse ich oft, er setzt sich dann zu mir, und wir reden über Malerei. Er sammelt Abstrakte und Naive. Wenn ich Gäste habe, essen wir bei Liechti, und ich zahle mit einem Bild, auch was ich sonst bei ihm kritzle, überlasse ich ihm. Daneben liebt er es, wenn ich ihm erzähle, was ich schreibe; und als ich an diesem Samstag – der eigentlich schon ein Sonntag war, weil es gegen ein Uhr ging – vom *Winterkrieg* erzählte, stutzte er.

»Die Blümlisalp«, sagte er, »warum du auf die Blümlisalp gekommen bist, weiß ich genau, das war doch ein Theaterstück.«

Jetzt erinnerte ich mich auch: ›Die Blümlisalp‹ hatte ich im Theatersaal neben dem Gasthof ›Kreuz‹ gesehen.

Ob es wohl mein Lehrer in der vierten Primarklasse, Gribi, geschrieben habe, fragte ich.

»Du, das ist möglich«, sagte Hans.

»Trinken wir noch eine Flasche«, schlug ich vor.

Am nächsten Morgen – es war nun wirklich Sonntag – überlegte ich am Schreibtisch, wie ich den Autor ausfindig machen könnte. Ich nahm das Telefonbuch: in meinem Dorf gab es eine Martha Gribi, sie wohnte auch am Birkenweg wie einst der Lehrer – das Stück war um 1930 gespielt worden, vor 49 Jahren –, es mußte die Tochter sein. Ich telefonierte: es war Lehrer Gribis Frau.

»Ach, Sie sind es«, sagte sie, »Pfarrers Fritzli, ich erinnere mich noch an Sie, Sie waren viel bei uns, die Frau Pfarrer machte sich große Sorgen um Sie, mein Mann beruhigte sie immer, die Frau Pfarrer solle sich keine Sorgen machen, Fritzli zeichne schön und mache gute Aufsätze.«

Es stimme, ihr Mann habe ›Die Blümlisalp‹ geschrieben, antwortete sie dann auf meine Frage und schickte mir das ›Berndeutsche Sagenspiel‹ zu.

Ich schwindelte darauf ›Die Blümlisalp‹ nachträglich in die Anfangsseiten des ersten Buchs der *Stoffe* ein. Diese, zuerst mit *Dokument* bezeichnet, sind 1965 geschrieben, sie stellen die Urzelle der *Stoffe* dar. Sie erwähnen nur den Lehrer Gribi, »dessen Stücke von den dramatischen Vereinen des ganzen Emmentals gespielt wurden«.

Als ich dann die *Mondfinsternis* korrigierte, wurde ich mißtrauisch: Es mußte auch einen Zusammenhang zwischen dieser Geschichte und dem *Winterkrieg* geben.

Der Kunstschmied, der mir gerade das Gartentor herrichtete, kam aus dem Bergdorf; er war zehnjährig gewesen, als ich dort gewesen war. Er erinnerte sich noch an mich und erzählte, der Bauer, bei dem ich gewohnt hatte, sei gestorben. Ich hatte dem Kunstschmied gegenüber ein schlechtes Gewissen: Die Erinnerung an sein Dorf hatte sich mit einer Geschichte vermischt, mit der *Mondfinsternis* eben, die doch mit seinem Dorf nichts zu tun hatte.

Als er wiederkam, fragte ich ihn, scheinbar beiläufig, ob von seinem Dorf aus die Blümlisalp zu sehen sei. »Das ist doch unser Berg«, antwortete er, verwundert über meine Vergeßlichkeit.

Doch läßt sich, was die Entwicklung meiner Schriftstellerei betrifft, der Weg vom *Winterkrieg in Tibet* zur *Mondfinsternis* nicht allein durch das assoziative Element der Blümlisalp bestimmen. Das Leben ist chronologisch erfaßbar, doch das Erleben nicht: Die Erinnerung vermag Vergangenes in die Gegenwart zu rücken, ihm eine stärkere Gegenwärtigkeit zu geben, als es in der Vergangenheit besaß. Die Vorstellungskraft schweißt Auseinanderliegendes zusammen, sie kümmert sich um keine Chronologie, schleppt aber sowohl das Nicht-Bewältigte mit sich umher als auch das Nicht-Gewählte. Zum Nicht-Bewältigten gehört der *Winterkrieg*, zum Nicht-Gewählten die *Mondfinsternis*. Was dieser vorausging oder sie vielleicht unterbrach – die Erinnerung täuscht –, war die Prosakomödie *Grieche sucht Griechin*. Was wirklich vorausging, war für mich ein Zusammenbruch: die Uraufführung der Komödie *Ein Engel kommt nach Babylon* in München.

Schon die Hinfahrt ließ kaum Erfreuliches ahnen. Kurz nach Neuchâtel zwang mich ein stechender Schmerz in der Stirnhöhle, in die erste Klasse hinüberzuwechseln – damals gab es in den Zügen noch drei Klassen. Liegend erreichte ich München in Begleitung meiner Frau. Ich vermochte dort nur wenigen Proben beizuwohnen und das auch nur teilweise, immer wieder überfiel mich der stechende Schmerz, der Arzt hatte eine Stirnhöhlenentzündung diagnostiziert.

Nur eine Unterredung mit Schweikart ist mir in Erinnerung, ich war von den Proben beunruhigt, bei der Unterredung war der Bühnenbildner Kaspar Neher zugegen. Ich begriff plötzlich, daß Schweikart im *Engel* eine Satire sah, er glaubte, ich sei ein Nachfolger Wedekinds und Sternheims (was heute noch viele glauben; vor allem jene, denen Schreiben bloß eine stilistische, sprachliche Angelegenheit ist und nicht ein subjektiver Ausdruck des Denkens). Nur Neher wurde neugierig.

»Laß ihn doch einmal reden«, sagte er zu Schweikart, »es ist doch interessant, wie anders er das Stück sieht als wir.«

Das Mißverständnis war nicht mehr zu korrigieren.

Bei der Generalprobe war nur meine Frau zugegen, ich lag in meinem Hotelbett, irgendwo gegen Schwabing zu, gegenüber einem chinesischen Restaurant. Die Generalprobe begann, es wurde dunkel, der Vorhang öffnete sich, der Engel und Kurrubi erschienen, meine Frau lachte auf, als sie Domin, als Engel verkleidet, erblickte. Schweikart ließ unterbrechen, Licht machen und fragte, wer da gelacht habe. »Ich«, sagte meine Frau. Schweikart antwortete nichts, und die Generalprobe begann von neuem.

Der Uraufführung wohnte ich in der Loge Schweikarts bei. Ponto spielte den Akki, einer der besten Schauspieler, die ich je sah; der Polizist, ein alter Schauspieler, trat betrunken auf, das Publikum wurde unruhig; Vogel als Henker war gespenstisch, Szenenapplaus. Die stärkste Wirkung erwartete ich vom dritten Akt. Er fiel durch und damit das Stück. Es wurde ein Achtungserfolg, das Schlimmste, was passieren konnte, doch nur scheinbar das Schlimmste – schlimmer war, daß ich meine Naivität dem Theater gegenüber verlor, wohl endgültig.

Was ich seitdem für dieses Medium schrieb, verfaßte ich im Gefühl einer ›Bühnenohnmacht‹, im Gefühl, mich in ›Feindesland‹ zu befinden. Allzusehr wurde mir damals deutlich, daß meine Welt, aus der ich kam und die ich in eine Welt umwandelte, die wiederum nicht identisch war mit meiner Herkunft, sondern mit einer eigenen Welt, die ich geschaffen hatte, daß diese ›Eigenwelt‹ für einen Außenstehenden unverständlich sein mußte. Weil aber dieser Außenstehende das Theaterpublikum darstellt, mußte die Wirkung, die mein Theater erzielte, auf Zufall beruhen. Das war denn auch mein Schicksal. Durch Zufall kam mein Ruhm zustande, durch Zufall der Abbau des Ruhms. Als Dramatiker bin ich ein unvermeidliches Mißverständnis.

Beim *Engel* wurde mir mein ›Theaterschicksal‹ zum ersten Mal bewußt, so sehr, daß ich den Entschluß faßte, kein Theaterstück mehr zu schreiben. Ich wollte die ›Prosa I–IV‹, die ich herausgegeben hatte, die mit *Weihnacht* begonnen und mit dem *Pilatus* geendet hatte, wieder fortsetzen; die beiden Kriminalromane waren Auftragsarbeiten gewesen, ich schrieb sie, um meine Familie auf eine anständige Weise durchzubringen, nun sollte die *Mondfinsternis* etwas Besonderes werden, aber die Sorge um die Familie blieb. Sie zwang mich zum ›Nebenverdienst‹: Ich schrieb meine Hörspiele.

Dann wurde ein Regisseur beim Bayerischen Rundfunk vom Ehrgeiz gepackt, er wollte einen Film drehen. Die Umstände sind mir entfallen. Ich entsinne mich nur noch, daß er in Paris einen Produzenten kannte und an eine improvisierte Reise von Stuttgart nach Paris in einem Propellerflugzeug. Warum von Stuttgart aus, weiß ich nicht mehr. Ich flog in einen endlosen Abend hinein, nur wenige Meter über einem Wolkenmeer, das wie ein Gletscher war, der Rand phantastisch bezackt, dann ein plötzliches Hineintauchen in die Finsternis der Wolken, die Finsternis schien endlos zu dauern, auf einmal ein Lichtermeer: Paris. In der Nacht ein wirres Diner mit einem Filmproduzenten und dem Regisseur aus München, der bayerische Krachlederne trug. Ich erzählte den Plan zu *Grieche sucht Griechin*, fühlte schon beim Erzählen den Unsinn des Unternehmens.

Trotzdem begann ich, nach Neuchâtel zurückgekehrt, die Geschichte niederzuschreiben, sei es aus Ärger, mich in das Unterfangen überhaupt eingelassen zu haben, sei es aus der Abenteuerlust heraus, nicht aufzugeben. Mir schwebte auf einmal mit *Grieche sucht Griechin* etwas durchaus Bizarres, rein in der Sprache Angesiedeltes vor, irgend etwas wie in einem Brentano-Märchen.

Während ich an dieser Prosakomödie schrieb, gestand mir meine Frau, daß sie sich einer Operation unterziehen müsse; sie hatte lange gezögert, davon zu sprechen, auch verschwieg sie mir nicht, daß der Arzt ihr gesagt hätte, sie müsse mit dem schlimmstmöglichen Befund rechnen. Der Vorschuß mußte her, ich schrieb das Buch voll böser Ahnungen in wenigen Tagen zu Ende, auch wenn ich es später, als die Fahnen kamen, beinahe vollständig umkorrigierte.

Die bösen Ahnungen trügten nicht. Zwar verlief die Operation glücklich, die Befürchtung des Arztes erfüllte sich nicht, aber der Arzt war alt und übersah, was er nicht hätte übersehen sollen, so daß die Operation einige Jahre später wiederholt werden mußte; zudem trat eine gefährliche Komplikation ein. Ich hatte meine Frau noch am Mittag im Spital in Bern besucht. Eine Bekannte war bei ihr, meine Frau war nervös und seltsam unfreundlich. Ich hatte eine Besprechung in der Stadt mit einem Regisseur, am nächsten Tag war im Stadttheater die Premiere von *Ein Engel kommt nach Babylon*.

Ich wollte schon auf den Bahnhof, um nach Neuchâtel zurückzufahren, da kehrte ich beunruhigt ins Spital zurück. Vor dem Spital sah ich meine Schwägerin aus einem Taxi springen und ins Spital eilen. Im Korridor, vor dem Zimmer meiner Frau, waren meine Mutter und mein Vater. Ein Arzt, den ich nicht kannte, ein Internist, nahm mich beiseite und berichtete, meine Frau habe eine Lungenembolie erlitten. Er glaube, sie sei jetzt außer

Lebensgefahr, auf eine derart heftige Embolie, bei der ein Blutpfropfen groß wie ein Daumen durch das Herz in die Lunge schieße, sei meistens keine weitere zu erwarten. Allerdings sei noch nichts auszuschließen. Daß meine Frau lebe, verdanke sie der Krankenschwester, die gehandelt habe, statt zuerst nach einem Arzt zu schreien; hätte sie das getan, wäre alles zu spät gewesen. Er führte mich zu meiner Frau, im Korridor kam meine Mutter auf mich zu und sagte: »Es ist nichts Ernstes, es ist ihr nur etwas schlecht geworden.«

Meine Frau lag im Morgenrock auf dem Bett, Schläuche waren an sie angeschlossen, sie war totenbleich und flüsterte mir einen Gruß zu. Ich trat zurück, vom Arzt weggedrängt, der meiner Frau Sauerstoff gab, sich über sie beugte. Hätte ich damals in die Zukunft gesehen, ich hätte dem Arzt auf die Schulter getippt und ihm gesagt: »Sorgen Sie sich nicht um diese junge Frau, sie wird davonkommen, aber Sie, Herr Doktor, werden in drei Monaten an der gleichen Krankheit sterben.«

Im Korridor traf ich den Arzt, der meine Frau operiert hatte, er bestritt, daß es sich um eine Lungenembolie handle, so etwas komme bei ihm nie vor. Die Familie hatte sich zurückgezogen. Der Chirurg entfernte sich grollend.

Ich wollte bei meiner Frau bleiben, der erste Arzt, der Internist, überredete mich, bei meinen Eltern zu übernachten, die in unmittelbarer Nähe des Spitals wohnten. Ich ließ mich überreden. Man versprach, mich bei der geringsten Gefahr zu informieren. Als ich die Wohnung meiner Eltern betrat, irritierte es mich, die alten Leute seelenruhig Halma spielen zu sehen, für meine Mutter war es meiner Frau immer noch »nur etwas schlecht geworden«.

Meine Frau durchlebte eine schwere Nacht. Sie lag

unbeweglich, die Nachtschwestern glaubten, sie höre nicht, was sie sprachen; sie waren sicher, daß meine Frau im Sterben lag.

Die nächsten Tage waren ein Alptraum. Die Ärzte verboten jeden Eingriff, niemand wagte zu handeln. Am vierten Tag nach der Embolie aß ich in der Veranda des Spitals, es war abends gegen sieben, da hörte ich meine Frau einen Schrei ausstoßen. Ich eilte zu ihrem Zimmer. In der Tür kam mir die Schwester entgegen, die ihr schon einmal das Leben gerettet hatte. Sie trug eine Schüssel. Meine Frau fand ich verändert vor, wächsern, doch glücklich; sie lächelte und sagte, alles sei gut und nun wolle sie schlafen. Ich ging aus dem Zimmer, an der Türe gegenüber lehnte die Schwester, totenbleich.

»Was haben Sie denn, Schwester?« fragte ich. Sie starrte mich an.

»Ich mußte Ihrer Frau ein Klistier geben«, sagte sie, »viele sind gestorben, weil ich keines gab, und zwei, denen ich eines gab, sind mir daran ›verräblet‹.«

Am nächsten Tag – meiner Frau ging es von Stunde zu Stunde besser – nahm mich der Internist zur Seite und fragte mich, ob die Schwester bei meiner Frau einen Einlauf vorgenommen habe. Ich antwortete nicht. Er habe es verboten, sagte der Internist (der drei Monate darauf starb), aber eine Schwester wisse meist besser als der Arzt, was dem Patienten helfe. Er möchte aus medizinischen Gründen die Wahrheit wissen und werde der Schwester nichts sagen.

»Nun gut«, sagte ich, »die Schwester hat den Einlauf gemacht.« Der Arzt schwieg, sagte dann »Dä Cheib« und ging.

Am nächsten Tag wagte ich mich zum ersten Mal wieder

nach Neuchâtel zu den Kindern zurück und begann mit der *Mondfinsternis*; ich fuhr jedoch jeden Tag nach Bern, ruhiger, weil es meiner Frau immer besser ging, aber nun von einer anderen Sorge geplagt: Ich war in Schulden geraten und kam auf die Idee, die *Mondfinsternis* in ein Theaterstück zu verwandeln. Ich sah darin eine bessere Möglichkeit, Geld zu verdienen, als mit dem Schreiben einer Novelle.

Daß man unter anderem auch schreibt, um Geld zu verdienen, sei zugegeben; es ist läppisch, das zu bestreiten, hat man sich einmal die Schriftstellerei als Beruf gewählt; doch schreiben, nur um Geld zu verdienen, hat etwas Närrisches. Wer Geld verdienen will, werde besser Börsenschieber, Gangster, oder er lebe geizig. Ich lebte immer, auch in schlechten Zeiten, fürstlich.

Ich hätte die *Alte Dame* nie geschrieben, wäre mir die Bühnenidee dazu nicht eingefallen. Diese bestand nicht etwa darin, daß ich aus dem Bergdorf ein Städtchen machte, sondern im Umstand, daß auch die Schnellzüge Bern–Neuchâtel in Ins und Kerzers anhalten, wodurch man gezwungen ist, die beiden kleinen trostlosen Bahnhöfe zu betrachten, ungeduldig über den Unterbruch, wenn er auch nur ein, zwei Minuten dauert; Minuten, die sich für mich lohnten, kam ich doch durch sie wie von selbst auf die erste Szene. Und wie von selbst verwandelte sich im Weiterdenken das Bergdorf in Güllen und Walt Lotcher in Claire Zachanassian.

Steht ein Bahnhof auf der Bühne, ist die innere Form des Stücks gegeben, die der Improvisation, ein Zug muß ankommen können, was sich nur improvisieren läßt. Aber ein Bahnhof setzt auch die Erwartung voraus, daß jemand ankommt. Je größer die Erwartung ist – das heißt, wenn sie nicht nur einen Einzelnen, sondern das ganze Städtchen in Bewegung setzt, weil die erwartete Persönlichkeit jemand enorm Mächtiges oder Reiches ist –, desto mehr Möglichkeit bietet die Erwartungsszene: Der kleine Bahnhof wird festlich vorbereitet usw., auch ist es möglich, daß die erwartete Persönlichkeit zu früh oder zu spät oder überhaupt nicht eintrifft. Ich kam auf das ›zu früh‹, die Güllener erwarteten einen Personenzug, aber ein Schnellzug hält, was mich zum Einfall mit der Notbremse verführte. Außerdem verleitet der Bahnhof selbst zu bühnensinnlichen Gegensätzen: Auftritt des Hauptdarstellers in einer Sänfte, ein riesiges Gefolge, Butler, Zofen usw. Und die Frage, warum eine so mächtige Person im Zug ankomme und nicht mit einem Wagen, bringt die Prothesen hervor, die Person muß in ihrem wildbewegten Leben so viele Unfälle in Autos und Flugzeugen überstanden haben, daß sie nur noch in Zügen reist.

Diese neuen Prämissen, zu denen noch viele andere kamen, gaben schließlich den Ausschlag – ›bühnenatmosphärisch‹ gleichsam – zur Geschlechtsänderung, nicht der Wunsch, für die Giehse eine Rolle zu schreiben. Die Giehse war denn auch, trotz ihrer großen Erfolge in dieser Rolle, eine grandiose Fehlbesetzung, ihr glaubte man die Vorgeschichte nicht: das Hamburger Bordell und den alten goldenen Maikäfer Zachanassian mit seinen Milliarden, der sie dort kennenlernte und heiratete. Die beste Alte Dame, die ich sah, war Hilde Hildebrand.

Erzwingt die erste Szene des *Besuchs der alten Dame* eine Frau, erzwingt der Beginn der *Mondfinsternis* ebenso notwendig einen Mann; da wird niemand erwartet, sondern es dringt einer ein, und der Einzelne, der da eindringt, kann nur allein kommen.

Tief im Winter, kurz vor Neujahr, fährt ein immenser Cadillac durchs Dorf Flötigen am Ausgang des Flötenbachtals, pflügt sich mühsam durch die verschneite Dorfstraße, hält an einer Garage.

Walt Lotcher, ein fast zwei Meter großer Koloß, der sich samt dem Cadillac mit einem gecharterten Flugzeug aus Kanada nach Kloten transportieren ließ, quält sich aus dem Wagen, ein brutales Muskelpaket, etwa fünfundsechzig, krauses graues Haar, struppiger grauer Bart mit schwarzen Strähnen, Pelzmantel, Pelzstiefel.

»Schneeketten«, befiehlt er dem Garagisten und fragt ihn, ob er Willu Grabers seiner sei.

Er sei sein Jüngster, antwortet der Garagist, verdutzt, daß der Riese Berndeutsch redet und dazu noch im Flötenbacher Dialekt, Graber sei seit mehr als dreißig Jahren tot. Ob er seinen Vater denn gekannt habe?

»Als Velohändler«, entgegnet Lotcher.

Der Garagist schaut ihn mißtrauisch an. Wohin er denn wolle, fragt er endlich.

»Ins Tal hinauf«, sagt Lotcher.

Da hinauf komme er auch mit Ketten nicht, brummt der Garagist, die Wilderer da oben weigerten sich, einen Schneepflug anzuschaffen, nicht einmal das Postauto fahre.

»Mach sie trotzdem dran«, sagt Lotcher, stapft im Schnee herum, während der Garagist arbeitet. Er zahlt, steigt ein und fährt ins Tal hinauf, an schlittelnden Kindern vorbei und läßt – schon arg schleudernd – die letzten Bauernhäuser hinter sich. Wie die Straße flacher wird, gibt er Gas, prallt seitlich an eine Telefonstange, die knickt ab, aber der Cadillac kommt wieder auf die Straße, die steigt, führt in den Wald; in einer Kurve rutscht der Wagen trotz der Schneeketten ab, halb eine steile Böschung hinunter, und bleibt im metertiefen Schnee stecken.

Lotcher zwängt sich aus dem Wagen, im tiefen Schnee läßt sich die Türe kaum öffnen, Lotcher steht bis zum Bauch im Schnee, arbeitet sich zur Straße hinauf, rutscht wieder herunter, arbeitet sich wieder hinauf, steht auf der Straße, schüttelt sich, Schnee fällt von seinem Pelz.

Er stampft weiter. Die Straße ist manchmal kaum zu erkennen. Die weißen Tannen mit den schwer hängenden Ästen wachsen zu einer unförmigen Schneemasse zusammen. Lotcher stapft wie durch eine Gletscherspalte. Der Himmel über ihm gleißendes Silber. Er stolpert über etwas, fällt hin, steht auf, reißt hoch, worüber er gestolpert ist, hält eine Leiche in den Fäusten, schüttelt sie: ein alter Mann mit weißen Bartstoppeln im schneebedeckten Gesicht starrt ihn an. Lotcher läßt die Leiche fallen, stapft weiter, kommt zu einer Lichtung, auf den Tannenwipfeln blutiges Licht, die Sonne sinkt hinter einen schwarzen Bergrücken, doch der Himmel blendet immer noch, nur zwischen den Tannen ist es blaudunkel. Ein Reh überquert die Straße, auch es hat Mühe im Schnee, dann ein zweites, glotzt ihn mit Augen voll Todesangst an, fast ist Lotcher bei ihm, da taucht es in den Wald zurück. Vom Schnee niedergedrücktes Unterholz versperrt ihm den Weg, Lotcher zwängt sich durch, steht als ungeheurer Schneemann da und schüttelt die Schneemassen von sich, die auf ihn geprasselt sind. Alles in einem verschwimmenden Zwielicht, der Schnee auf den Tannen, der Himmel, zuerst gläsern gleißend, jetzt rasch zudunkelnd, einmal rutscht Lotcher einen Hang hinunter, kracht gegen eine Tanne, aufs neue prasselt Schnee auf ihn herab, es dauert mehr als eine halbe Stunde, bis Lotcher wieder den Weg erreicht. Lotcher streckt sich, er spürt, wie sein Atem dampft, die Finsternis ist nun vollkommen, er bricht durch Schneemassen, die er nicht mehr sieht, ist plötzlich frei.

Die Tannen weichen zurück, vom Himmel brennen Sterne, fast im Zenith Capella, Orion halb von einem gezackten Grat verdeckt, Lotcher kennt sich in den Sternen aus. Vor ihm wächst in unbestimmten Umrissen ein Felsblock auf, hausgroß, er tastet vorsichtig um ihn herum, erreicht den Weg wieder, Lichter tauchen auf, eine Straßenlaterne, drei, vier erleuchtete Fenster. Auf einmal ist die Straße frei von Schnee, gesalzen.

Lotcher betritt den Hotel-Gasthof ›Bären‹, geht durch den schmalen Korridor, öffnet die Türe mit der Aufschrift ›Gaststube‹, steht auf der Schwelle, sieht sich um, am Tisch neben der Reihe kleiner Fenster sitzen Bergbauern, ein dicker Polizist und der Bärenwirt, am Tischende unter dem Foto General Guisans jassen vier.

Lotcher setzt sich an den Tisch neben der Standuhr, ohne den Pelzmantel auszuziehen, sagt, ein Toter liege im Schnee auf der Straße im Flötenbachwald.

»Das ist der alte Aebiger«, sagt der Bärenwirt und zündet sich einen Stumpen an.

Lotcher bestellt einen Liter Bäzi. Die Serviertochter schaut fragend zum langen Tisch hinüber, der Bärenwirt, ein dicker, untersetzter Mann, erhebt sich, sein Hemd hat keinen Kragen und die Weste ist offen. Er geht zu Lotcher.

Einen Liter Bäzi gebe es hier nicht, sagt er, nur einen Zweier. Lotcher betrachtet ihn.

»Schlaginhaufens Seppu ist also der neue Bärenwirt. Wohl auch Gemeindepräsident, he?«

»Denk wohl«, antwortet der Bärenwirt. »Kennt Ihr mich denn?«

»Denk mal nach«, sagt Lotcher.

»Mein Gott«, geht dem Bärenwirt ein Licht auf, »bist du nicht Lochers Wauti?«

»Du bist immer langsam im Denken gewesen«, meint Lotcher, »kommt jetzt der Liter Bäzi oder kommt er nicht?«

Auf einen Wink des Bärenwirts bringt die Serviertochter das Verlangte, schenkt ein. Lotcher, immer noch in seinem nassen, verschneiten Pelzmantel, stürzt ein Glas Schnaps hinunter und schenkt sich darauf selber ein.

»Wo, zum Teufel, kommst du denn her?« fragt der Bärenwirt.

»Aus Kanada«, antwortet Lotcher, schenkt sich wieder ein und dann noch einmal. Der Bärenwirt zündet sich einen Stumpen an.

»Da wird sich Kläri wundern«, sagt er.

»Welche Kläri?« fragt Lotcher.

»He, Zurbrüggens Kläri«, antwortet der Bärenwirt. »Die dir damals vom Döufu Mani ausgespannt worden ist.«

»Ach so«, sagt Lotcher und schenkt sich wieder ein, »Zurbrüggens Kläri ist jetzt Döufu Manis Frau. Das habe ich ganz vergessen.«

»Trotzdem die Kläri damals von dir schwanger war«, stellt der Bärenwirt fest, »ist sie Frau Mani geworden.« Lotcher stutzt einen Augenblick, trinkt dann.

»Was hat's denn gegeben?« fragt er darauf.

»Einen Buben. Auch schon vierzig. Er jaßt dort unter dem General Guisan.«

Lotcher schaut nicht einmal hin.

»Was ist denn in Kanada aus dir geworden?« fragt der Bärenwirt stumpenrauchend.

»Der Walt Lotcher bin ich geworden«, antwortet der andere.

»Wout Laatscher«, sagt der Bärenwirt erstaunt. »Ein kurliger Name.«

»So spricht man eben Locher drüben aus«, sagt Lotcher.

»Und warum bist du zurückgekommen?« fragt der Bärenwirt und wird auf einmal mißtrauisch, er weiß nicht warum.

»Euch geht's immer noch dreckig«, grinst Lotcher und schwitzt nicht einmal in seinem Pelzmantel, obgleich er Bäzi wie Wasser trinkt.

He nun, in diesem Regen- und Schneeloch sei es halt so, meint der Bärenwirt. Das Tal habe den Anschluß an die modernen Zeiten verpaßt, die meisten seien ins Unterland gezogen, und eigentlich seien bloß die Dümmeren geblieben, denen es gleichgültig sei, arm wie Kirchenmäuse zu bleiben. Ihm selber sei es auch nicht besonders gegangen. Abgesehen davon, daß es keine Ehre sei, Gemeindepräsident der jämmerlichsten Gemeinde des Oberlandes sein zu müssen, habe er auch persönlich Pech gehabt, seine erste Frau sei Ochsenblutts Emmi gewesen, die sei und sei nicht schwanger geworden, erst ein Wunderdoktor im Appenzell habe geholfen, sie habe Sämu geboren, aber sie sei offenbar schon zu alt gewesen und daran gestorben. Dann habe er ein Jahr später eine Junge geheiratet aus Flötigen, von der habe er Änni, die sei gerade konfirmiert, aber ihre Mutter sei erst zweiunddreißig und er zu alt für so ein Donnersweib, er müsse höllisch aufpassen.

Lotcher trinkt unterdessen Schnaps, und es ist nicht

festzustellen, ob ihn das Gerede des Bärenwirts interessiert.

»In Kanada«, bemerkt er trocken, »besitze ich ein Gebiet, größer als das Berner Oberland. Uran, Öl, Eisen.« Und dann fragt er den Bärenwirt: »Wie viele Haushalte seid ihr denn hier oben noch?«

»Sechzehn«, antwortet der, »die andern sind alle abgewandert.«

»Woher kommen der Lehrer und der Polizist?« fragt Lotcher.

»Die Lehrerin kommt aus der Hauptstadt und der Polizist aus Konigen«, antwortet der Bärenwirt. »Er ist auch Wildhüter.«

»Die Lehrerin und der Polizist zählen nicht«, entgegnet Lotcher. »Das macht vierzehn Familien. Ich vermache euch vierzehn Millionen.«

»Vierzehn Millionen?« staunt der Bärenwirt, und dann lacht er: »Das kannst du dir gar nicht leisten.«

»Ich kann mir noch viel mehr leisten«, antwortet Lotcher. Dem Bärenwirt wird es ungemütlich.

»Vierzehn Millionen? Einfach so?« fragt er.

»Nein«, sagt Lotcher, »ihr müßt mir dafür Döufu Mani umbringen.«

»Döufu Mani?« Der Bärenwirt traut seinen Ohren nicht.

»Döufu Mani«, wiederholt Lotcher.

»Totschlagen?« fragt der Bärenwirt. »Den?« und weiß nicht, was er denken soll.

»Glotz nicht so blöd«, sagt Lotcher. »Ich habe einst geschworen, mich zu rächen, ich erinnere mich jetzt auf einmal, und den Schwur halte ich.« Der Bärenwirt starrt Lotcher an.

»Du spinnst.«

»Wieso?« sagt Lotcher.

»Du hast einfach zuviel gesoffen«, meint der Bärenwirt und friert plötzlich.

»Ich saufe nie zuviel«, sagt Lotcher und gießt sich wieder Bäzi ein.

»Kläri Mani ist ein altes Fraueli«, meint der Bärenwirt nachdenklich.

»Schwur ist Schwur«, sagt Lotcher.

»Du bist einfach verrückt, Wout Laatscher«, stellt der Bärenwirt fest und holt sich auch ein Bäzi, setzt sich wieder. »Einfach übergeschnappt.«

»Auch das kann ich mir leisten«, sagt Lotcher.

»An wem willst du dich eigentlich rächen?« fragt der Bärenwirt, dem langsam aufgeht, daß es dem andern ernst ist, »am Kläri oder am Döufu?« Lotcher denkt nach.

»Vergessen«, antwortet er endlich, »nur daß ich mich rächen muß, weil ich es geschworen habe, habe ich nicht vergessen.«

»Toll, das ist einfach toll«, sagt der Bärenwirt und schüttelt den Kopf.

»Möglich«, sagt Lotcher. Der Bärenwirt schweigt, trinkt.

»Dreißig Millionen«, schlägt er endlich zögernd vor.

»Vierzehn«, beharrt Lotcher und trinkt. »Mit denen wißt ihr sowieso nichts Gescheites anzufangen.«

»Wann?« fragt der Bärenwirt.

»In zehn Tagen«, antwortet Lotcher.

»Ich rufe morgen die Gemeindeversammlung zusammen«, schlägt der Bärenwirt vor, »ohne den Polizist.«

»Tu das«, sagt Lotcher.

»Sie wird ablehnen«, behauptet der Bärenwirt. Lotcher lacht.

»Sie wird annehmen. Auch Döufu Mani, ich kenne den Tschumpel.« Dann steht er auf.

»Bring mir die Flasche aufs Zimmer.«

»Frieda, richte Nummer vierzehn her«, befiehlt der Bärenwirt.

Die Serviertochter flitzt die Treppe hinauf, Lotcher sieht ihr nach.

»Eine gute Serviertochter, Binggu Koblers Älteste«, meint der Bärenwirt.

»Hauptsache, sie ist gut gewachsen«, sagt Lotcher und steigt die Treppe hoch. Der Bärenwirt folgt ihm.

»Hast du denn kein Gepäck?« fragt er.

»Im Wagen«, antwortet Lotcher, »er liegt bei Flötigen am Waldrand im Schnee, unten an der Böschung. Samt den vierzehn Millionen. In Tausenderscheinen.«

Sie betreten das Zimmer, wo Frieda das Bett herrichtet. Lotcher wirft den Mantel in die Ecke, öffnet eines der zwei kleinen Fenster, Schnee weht ins Zimmer, er steht in einem Trainingsanzug da, dunkelblau mit gelben Doppelstreifen. Lotcher zieht die Stiefel aus. In der Türe erscheint ein junger Mann, groß, aber etwas zu dick für sein Alter.

»Das ist mein Sohn Sämu, achtzehnjährig«, stellt ihn der Bärenwirt vor.

Lotcher zieht den blauen Trainingsanzug aus, unter dem er einen roten mit weißen Doppelstreifen trägt, und zieht auch den roten Trainingsanzug aus, geht nackt zum Nachttischchen mit der Schnapsflasche, dreht sie auf, trinkt, Schnee weht wieder durchs Fenster. Lotcher ist riesig, ohne Fett, braungebrannt, nur die Haare sind grau, wuchern überall. In der Türe steht der Bärenwirt, Sämu glotzt, Frieda deckt gesenkten Hauptes das frisch gemachte Bett auf.

»Frieda, zieh dich aus«, befiehlt Lotcher, »ich schlafe nie ohne Frau.«

»Aber«, sagt Sämu.

»Hau ab!« herrscht ihn der Bärenwirt an und schließt die Türe. »Komm!«

Er poltert die Treppe hinunter.

»Du Trottel«, sagt er zu seinem Sohn. »Spann die Rosse vor den Schlitten und sag Ochsenblutts Mäxu, er soll auch mit seinen zwei kommen. Wir müssen Wauti Lochers Wagen heraufschleppen. Du hast keine Ahnung, was wir sonst für eine Chance verpassen. Ewig wird es dich sonst reuen, daß du ihn mit deiner Frieda nicht hast schlafen lassen.«

Sie schaffen es mit den vier Rossen, zwar rutscht, saust und poltert eines von Ochsenblutts Tieren die Flötenbachschlucht hinunter, aber am Morgen steht der Cadillac im Hof des ›Bären‹. Blauer Himmel, stechende Sonne, in der Küche sitzt die Bärenwirtin mit ihrer Tochter Änni, und auch Frieda sitzt am Tisch, übernächtigt. Sie trinken Milchkaffee, der Bärenwirt schenkt sich eine Tasse ein. Es solle wieder eine zu ihm hinauf, sagt Frieda und streicht sich Butter aufs Brot. Sie habe heute frei, meint der Bärenwirt. Seine Frau könne servieren. Er wolle aber eine neue, insistiert Frieda und beißt in die Butterschnitte. Der Bärenwirt trinkt Milchkaffee. Übrigens nenne Locher sich jetzt Laatscher, Wout Laatscher, bemerkt er. Die Frauen schweigen. Was denn eigentlich los sei, fragt die Bärenwirtin. Die Chance sei gekommen, die Riesenchance, schreit der Bärenwirt, erhebt sich und poltert die Treppe hinauf, öffnet die Türe.

Das Fenster ist zu, im Bett ißt Lotcher Spiegeleier mit Schinken, trinkt aus einer großen Tasse Milchkaffee, die

Schnapsflasche ist leer. Den Wagen hätten sie heraufgeschleppt, meldet der Bärenwirt. Was mit dem Toten sei, fragt Lotcher. Den hätten sie auch mitgebracht, es sei der alte Aebiger gewesen, sagt der Bärenwirt, warum er sich denn für den Toten so interessiere? Man könne nie wissen, antwortet Lotcher. Ob der Zündschlüssel noch im Anlasser stecke? Ein ganzes Bündel von Schlüsseln, sagt der Bärenwirt. Der Zündschlüssel passe auch für den Kofferraum, sagt Lotcher, er solle den Koffer drin heraufbringen, und im übrigen wisse der Bärenwirt, was er noch herbeizuschaffen habe.

Der Bärenwirt hopst im Zimmer herum, stürmt die Treppe hinunter, hastet zum Wagen, kommt nach einer Weile mit einem großen alten Koffer, stürmt die Treppe wieder hinauf, legt den Koffer bei Lotcher auf den Tisch unter dem kleinen Fenster, dem Bettende gegenüber, öffnet ihn und starrt auf lauter Bündel von Tausendernoten. Wieviel da drin sei, keucht er. Exakt vierzehn Millionen, sagt Lotcher. Er habe also über sie im Dorf Bescheid gewußt, geht dem Bärenwirt ein Licht auf. Er sei eben immer informiert, meint Lotcher.

Der Bärenwirt öffnet die Türe, schreit »Änni, Änni«, vielleicht zehnmal. Änni erscheint unten an der Türe mit großen Augen, was er denn wolle. Sie solle heraufkommen. Und wie sie heraufkommt, stößt er sie in Lotchers Zimmer. »Da, da«, schreit er, zeigt auf die Tausender, das sei die Chance, sie solle sich ausziehen und sich zu ›Laatscher‹ legen. Sie sei doch erst konfirmiert, protestiert Änni. »Ach was«, fährt ihr der Bärenwirt über den Mund, mit Hinterchrachens Chrigu habe sie auch schon geschlafen, und ihre Mutter habe es noch vor der Konfirmation getrieben. Änni zieht sich aus, und der Bärenwirt beginnt, mit dem Rücken gegen das Bett, die Tausendernoten zu zählen. Hinter ihm schreit Änni auf.

Der Bärenwirt zählt und zählt, alles Bündel von zehn Tausendernoten, die Sonne scheint ihm durch die Scheiben des Fensters direkt ins Gesicht, er zählt und zählt, Änni hinter ihm keucht. Er sieht im Fenster, dessen unterer Teil dank dem Dach des Nachbarhauses wie ein Spiegel wirkt, Ännis nackten Rücken auf und ab tanzen, er zählt, fünfhunderttausend hat er schon geschafft, er will es genau wissen, jetzt wölbt sich hinter ihm der gewaltige Leib Lotchers, schiebt sich nach vorne, schiebt sich zurück, wie eine rangierende Dampfmaschine aus Fleisch. Er zählt, er zählt, Änni schreit, er zählt, eine Million endlich, noch dreizehn Millionen, jeden Tausender muß er sehen. Er wolle jetzt wieder Frieda, kommandiert Lotcher. Sie habe noch nicht genug, keucht Änni. Dann werde er es ihr zeigen, lacht Lotcher. Das Bett fährt hin und her, steht schräg im Zimmer, der Bärenwirt zählt und zählt, die Sonne ist jetzt aus dem Fenster verschwunden, die Scheiben werden immer mehr zum Spiegel, zwei Millionen. Sie könne nicht mehr, schreit Änni. Frieda herbei, befiehlt jetzt der Bärenwirt, und Änni solle auch Ochsenblutts Eusi herbeischaffen. Und Schnaps müsse er auch wieder haben, reklamiert Lotcher, und der Bärenwirt zählt und zählt, und dann fängt es hinter ihm wieder an, zuerst langsam und dann immer schneller, und nicht nur Frieda ist dabei, auch Änni. Ob denn Ochsenblutts Eusi komme, fragt der Bärenwirt, zählend, eine Tausendernote um die andere. Die Mutter hole sie, keucht Änni, in Pausen, stöhnend, und die Mutter hole auch Hackers Züsi, er zählt und zählt, die Finger zittern ihm immer mehr, und wenn er glaubt, er habe sich verzählt, fängt er beim Bündel wieder von vorne an. Stunden sind vergangen, der Himmel verdunkelt sich, er macht Licht, um besser zählen zu können, seit Stunden ist es hinter ihm ruhig geworden, kein Keuchen, Knarren, Hin- und Herrücken und Auf-und-ab-Tanzen mehr, er zählt und zählt. Auf einmal tanzt in der Fensterscheibe wieder ein nackter Rücken auf und ab, Ochsenblutts Eusi oder Hackers Züsi, er zählt und zählt, die Nacht ist draußen hereingebrochen, immer gewaltiger stöhnt, keucht, röchelt, brüllt es wieder hinter ihm.

Plötzlich springt der Bärenwirt auf, »exakt vierzehn Millionen«, schreit er, »exakt«, und rennt aus dem Zimmer, die Treppe hinunter, in der Gaststube sind die Bauern schon versammelt, der Bärenwirt ist bachnaß, »exakt vierzehn Millionen, genau«, er habe sie nachgezählt, keucht er, stolpert fast über drei, die auf der zweituntersten Stufe der Treppe sitzen, und begibt sich hinter den langen Tisch, neben Hegu Hinterkrachen, den Gemeindeschreiber, überall sitzen die Bauern, an allen Tischen.

Ob er protokollieren solle, fragt Hegu.

Ob er verrückt sei, regt sich der Bärenwirt auf, hier gebe es nichts zu schreiben, und dann fragt er seinen Sohn, der unten am langen Tisch mit Manis Jöggu, Ochsenblutts Mäxu und Hackers Miggu wie am Abend vorher jaßt, ob er das mit dem Polizisten erledigt habe?

Einen Korb Roten habe er ihm gebracht, antwortet Sämu, und nun sei er stockbesoffen und schlafe.

Ob man eigentlich zur Sache kommen könne, fragt Hermännli Zurbrüggen, es gehe schließlich um diesen ›Uhung‹, um den Mann seiner Schwester, um Döufu Mani, er sei immer gegen diese Heirat gewesen, man solle ihn am besten gleich hinter dem ›Bären‹ erschlagen und auf dem Flötenbachbödeli begraben, vierzehn Millionen seien vierzehn Millionen, inzwischen könne ja einer zur Lehrerin, damit sie nicht zufällig erscheine, um die Bärenwirtin zu besuchen, zum Beispiel Manis Jöggu, den habe sie doch ganz gern, und Jöggu solle sie bitten, ihm etwas von ihren Reimen vorzulesen, die reime doch immer.

Wo die Lehrerin denn sei, fragt der Bärenwirt.

Die orgele in der Kapelle, das dauere mindestens noch zwei Stunden, sagt Ochsenblutts Röufu, Ochsenblutts Mäxus Bruder.

Schön, dann könne man ja beginnen, überlegt der Bärenwirt, aber er glaube, vor allem habe Döufu Mani das Recht zu reden, sie seien schließlich eine Demokratie.

Er habe gar nicht zu reden, sagt Mani, ein hagerer, leicht gebückter Bauer, überhaupt etwas schief, als er sich erhebt, er habe wie alle im Dorf das Geld nötig, er sei nicht so blöd, das nicht einzusehen, auch wenn es ihn das Leben koste, das Leben mache ihm sowieso längst keinen Spaß mehr, sie sollten nur zuschlagen, am besten wie Hermännli Zurbrüggen es vorgeschlagen habe, gerade jetzt. Mani setzt sich wieder. Die Bauern trinken ihren Roten und schweigen.

Das mit dem ›Uhung‹ nehme er zurück, meint Zurbrüggen, Mani habe sehr anständig, ungemein anständig gesprochen, nun müsse man einfach wählen, wer ihn hinter dem ›Bären‹ mit dem Beil erschlage.

Aber da sagt eine Mädchenstimme von der Treppe her, Woult Laatscher lasse ausrichten, es dürfe dann erst in der nächsten Vollmondnacht geschehen. Es ist Hinterkrachens Mariannli, splitternackt steht es auf der Treppe; die vor ihm sitzen, wenden sich verblüfft um, aber schon verschwindet es nach oben.

Ein gutgewachsenes Töchterchen habe er aber, meint Miggu Hacker zum Gemeindeschreiber und mischt die Karten.

Er solle das Maul halten, entgegnet der Gemeindeschreiber, sich eine Brissago anzündend, Miggu seine sei auch oben gewesen. Und Sämu sagt, die Karten in seiner Hand ordnend, seine Braut wolle gar nicht mehr aus Wauti Lochers Zimmer, so heiße der schließlich, nicht ›Laatscher‹. Im Dorf gehe es plötzlich wie in den deutschen Illustrierten zu, die man am Kiosk kaufen könne, und dann sagt er, seine Karten betrachtend, Schaufel.

Vor der nächsten Vollmondnacht gehe es nicht, überlegt der Bärenwirt bedächtig, sonst hätten sie einen Toten, und der Locher zahle keinen Rappen.

Was denn das für ein Tag sei, der nächste Vollmond, fragt ein mickriger steinalter Bauer mit weißem strähnigem Haar, bartlos, und mit einem verwitterten Gesicht, als sei er über hundert.

Er wisse es nicht, antwortet der Bärenwirt, zuerst habe Locher in zehn Tagen gesagt, und jetzt sage er, es müsse am nächsten Vollmond sein. Kurlig.

Weil am nächsten Vollmond ein Sonntag sei, und zwar der übernächste Sonntag, in genau zehn Tagen, sagt der Bauer und trinkt seinen Roten, da würden sie nur ihre Seelen verspielen. Wauti Locher wisse eben, wann Vollmond sei, und noch der erste im Jahr, aber er wisse das auch, ihn führe Wauti nicht hinters Licht.

Hermännli Zurbrüggen schnellt hoch. Das wisse er auch, daß Nobi Geißgraser immer alles besser wisse und hinter allem den Teufel und seine Schwiegermutter vermute, aber ihm sei das scheißegal.

Er nehme nichts vom Geld, antwortet der Alte, keinen Zehner.

»Um so besser, Vater«, schreit Geißgrasers Ludi, sein Sohn, auch schon gegen die siebzig, dem Alten entgegen, dann nehme er alles, und er könne verrecken, wie er ja immer gewünscht habe, daß er, sein Sohn, und seine Enkel verreckten, und vom Tisch mit allen acht Geißgrasers kommt's wie im Chor, alles nähmen sie.

Schweigen.

Da werde er doch wohl noch etwas zu bemerken haben, gibt der Alte seinem Sohn zurück.

Aber der lacht nur, nichts habe er zu bemerken, das Maul habe er zu halten, sonst gehe er zum Statthalter in Oberlottikofen und erzähle ihm, von wem seine Schwester ihre zwei unehelichen Idioten habe und von wem seine jüngste Tochter, Bäbi, schwanger sei; wenn einer ein alter Sünder sei, dann sei es Nobi, der alte Geißbock, während sie, wenn sie Mani töteten, es nur tun würden, weil sie eine Million nötig hätten.

Ob noch jemand etwas zu sagen habe, fragt der Bärenwirt und wischt sich den Schweiß ab.

»Henusode«, sagt Mani und geht zur Türe, sich zwischen den Bauern hindurchzwängend, »so lebt recht wohl.« Er geht hinaus.

Schweigen.

Jemand müsse Mani bewachen, damit er nicht abhaue, noch besser zwei, am besten, man wechsle ab, sagt Ochsenblutts Mäxu.

Das müsse man eben organisieren, meint der Gemeindeschreiber.

Wieder Schweigen.

Oben auf der Treppe erscheint Frieda, nackt wie

Mariannli, und verlangt keuchend und strahlend Schnaps.

Sämu solle Bäzi holen, befiehlt der Bärenwirt und setzt sich zufrieden unter den Glasschrank mit dem Silberbecher vom Schwingverein, der schon längst eingegangen ist, schwingt doch der letzte Schwinger des Dorfes, Ochsenblutts Röufu, beim Schwingverein Flötigen.

Binggu Kobler murmelt, indem er Frieda anstarrt, das sei doch seine Tochter.

Aber wie Sämu seiner splitternackten Verlobten den Schnaps bringt und sich dabei galant verbeugt, klatschen alle in die Hände. Sämu habe etwas für das Gemeinwohl getan. Sie schwankt nach oben.

Nur Res Stierer sinnt vor sich hin, ein dicker Bauer mit einem roten Schnauz und Metzgerhänden, verkündet plötzlich in die Stille hinein, die wieder hereingebrochen ist, es müsse wie ein Unfall aussehen. Mani müsse unter einer Tanne sitzen, und dann müsse man die umschlagen.

»Unter einer Buche«, schlägt der Gemeindeschreiber vor und wird sachlich, geschäftsmäßig. Am besten unter der Blüttlibuche. Man habe dem Pfarrer schon längst neue Balken fürs Kirchlein versprochen. Buchige machten sich besser.

Dann müsse die Blüttlibuche aber jemand ansägen, meint der Bärenwirt, sonst müßten sie zu lange warten.

Das mache er schon mit seinem Bruder Mäxu, meldet sich Ochsenblutts Röufu.

Wer denn mit dem Beil schlagen solle, fragt Kobler.

Alle, sagt der Bärenwirt, und dann fragt er, wer dafür sei, und alle außer dem alten Geißgraser heben die Hand.

Wenn Nobi zur Polizei gehe –, aber der Bärenwirt braucht nicht weiterzureden. Er hindere niemanden daran, zur Hölle zu fahren, antwortet der alte Bauer.

Und dann sagt der Bärenwirt noch, das habe er fast vergessen, der alte Aebiger dürfe erst, nachdem die Sache erledigt sei, begraben werden, ein Begräbnis ziehe Leute an wie frischer Mist Fliegen, und Aebiger habe viele Verwandte in Flötigen und noch anderswo.

Das sei kein Problem, die Leiche sei stockgefroren und schon zugenagelt, damit die Füchse nicht drangingen hinter dem Schopf, sagt Aebigers Friedu.

Der Bärenwirt will die Sitzung aufheben, da steht zu aller Verblüffung Mani, das Opfer, wieder in der Türe der Gaststube, er habe es sich noch einmal überlegt, sagt er und schneuzt in ein großes rotkariertes Taschentuch.

Alle starren ihn entsetzt an, jetzt müsse man ihn doch auf der Stelle totschlagen, denkt der Bärenwirt wie gelähmt.

Mani faltet das große Taschentuch sorgfältig zusammen, steht in der Tür, hager, leicht gebückt und schief. Nächster Vollmond sei übernächsten Sonntag, habe Nobi gesagt, am Samstag davor sei die Landwirtschaftliche Ausstellung in Oberlottikofen, die möchte er sich doch anschauen und vielleicht seine Buben, den Jöggu und den Alex, beraten, was sie sich für das viele Geld anschaffen könnten, das sie dann erhielten, er denke sich immer, mit einem neuen Stall und mit einem Traktor wäre sein Leben ein ganz anderes gewesen. Mani schweigt verlegen.

Der junge Geißgraser kichert nervös, und Hermännli Zurbrüggen leert seinen Roten, er wisse nicht, er wisse nicht, murmelt er, aber dann leeren auch der Bärenwirt und der Gemeindeschreiber ihre Gläser, und der Bärenwirt beschließt:

»Gehen wir am Samstag vor dem Vollmondsonntag alle nach Oberlottikofen.«

Und sie gehen. Schon im Morgengrauen stampfen sie gemeinsam durch den Schnee hinunter nach dem Dorf Flötigen am Talausgang. Döufu Mani zwischen Seppu Schlaginhaufen, dem Bärenwirt und Ochsenblutts Röufu, der beim letzten Schwinget in Brienz den drittletzten Platz gewonnen hat, und dann besteigen sie den Zug nach Oberlottikofen, Mani immer umklammert, man läßt ihn nicht laufen, morgen ist Vollmond.

Durch die Landwirtschaftliche Ausstellung werden sie von einem Männlein mit einem Schnäuzchen und einer rosigen Glatze geführt, das einen ›schottischen‹ Anzug trägt.

»Benno von Lafrigen«, stellt sich das Männlein vor, hochdeutsch, und schlägt die Hacken zusammen, »Auslandschweizer.«

Von Lafrigen führt sie zuerst über die Festwiese, wo auf einem Marmorsockel aus Plastik eine Kuh aus Plastik steht, davor spielt eine Ländlerkapelle, dann führt er sie zu den Modellställen mit richtigen Kühen.

Von Lafrigen winkt den Flötenbachern zu, sich um ihn zu scharen. Er führt aus, daß im modernen Stall bei der Aufstallung von Rindvieh verschiedene Stallarten gebräuchlich seien. Es gebe Anbindeställe, Laufställe und Freiluftlaufställe, und beim Stallneubau werde berücksichtigt, daß sie für andere Tiere Verwendung finden können, ohne daß teure Umbauten vorzunehmen seien.

»Das ist ein Laferi, dieser Lafrigen«, sagt Hermännli Zurbrüggen.

Der Landwirt könne sich somit bei der Veredelungswirtschaft der Marktlage anpassen, fährt von Lafrigen fort und rückt seine Krawatte zurecht. Die Anbindeställe seien in Europa die gebräuchlichsten. Hier würden die Tiere in einer oder mehreren Reihen in Längsrichtung nebeneinander im Stall angebunden, der zweckmäßigerweise so breit sei, daß man mit einem Wagen durchfahren könne, um das Futter, Grünfutter, in die Tröge abkippen zu können.

»Abkippen«, sagt Mani begeistert, »so ein Wagen muß auch her.« Er solle doch still sein, zischt sein Sohn Jöggu hinter ihm.

Die Entmistung werde entweder manuell oder automatisch erledigt, erläutert von Lafrigen. Die Laufställe seien weniger aufwendige Bauarten, hier werde das Vieh in einer oder mehreren großen Boxen lose aufgestallt.

Wenn eine Kuh etwas fallen lasse, werde dieses Auslandschweizerlein vom Kuhfladen begraben, meint Miggu Hacker.

Der Dung werde erst im Frühjahr oder Herbst mit Frontlader oder Greifer entnommen, versichert von Lafrigen und schneuzt in ein weißes seidiges Tuch; so gering sei der tägliche Arbeitsaufwand, da nur eingestreut werden müsse, gemolken werde in einem separaten Melkstand, wo unter anderem die Milchkühe entsprechend ihrem Bedarf auch gleichzeitig Kraftfutter erhalten würden.

»Kraftfutter, Alex«, sagt Mani, »das müßt ihr euch dann auch anschaffen«, und trottet, immer noch eingeklemmt zwischen dem Bärenwirt und Ochsenblutts Röufu, dem Auslandschweizer nach.

Vorwiegend werde der Laufstall jedoch für die Aufstallung von Mastvieh verwendet, sagt von Lafrigen, und sie betreten einen neuen Stall. Eine Kuh muht. Etwas platscht dumpf. Der Freiluftlaufstall sei die einfachste Art der Aufstallung, ein nach der witterungsgünstigsten Seite offener Stall ermögliche dem Vieh ständigen Auslauf. Wieder ein Muhen und Platschen. Beim Anbindestall drüben werde dagegen nach der Länge der Standfläche der Tiere in Langstand, Mittellangstand und Kurzstand unterschieden. »Bitte folgen.« Wieder muht und platscht es.

»Er kommt, meiner Seel, jedesmal davon«, sagt Ochsenblutts Mäxu.

Der Vortrag geht in einem neuen Stall weiter. Durch die Mechanisierung der Entmistung werde bei neuen Stallungen vorwiegend der Kurzstand bevorzugt, die Standlänge sei hier 10–20 cm kürzer als die Rumpflänge der Tiere, anschließend an die Standfläche sei die Kotrinne, die etwas tiefer liege, diese werde entweder mit Schiebern, die von Seilwinden gezogen oder von kleinen Einachsschleppern geschoben werden, geräumt.

»Großartig«, staunt Mani.

Bei Schubstangenentmistungsanlagen, erklärt von Lafrigen, werde der Kot, der mit der Einstreu, das heiße mit Stroh, und Futterresten vermischt sei, schubweise weiterbefördert und bis zu einem Kettenförderer bewegt, der den Stalldung dann bis zum Dunghaufen fördere. In den letzten Jahren habe jedoch die noch weniger arbeitsaufwendige Schwemmentmistung immer mehr an Bedeutung gewonnen. Hierbei entfalle das Einstreuen der Tiere ganz. An die Standfläche schließe sich ein Rost an, »bitte nähertreten«, unterhalb dessen eine Kotrinne mit einem leichten Gefälle zu einem Behälter, zu der Güllengrube außerhalb des Stalles verlaufe.

Es sei Zeit, den Schwätzer selber in die Gülle zu spülen, schlägt Hermännli Zurbrüggen vor, aber von Lafrigen versteht kein Oberländerdeutsch.

Der Kot und der Harn fließen dann vermischt in die Güllengrube, erläutert er, die Tiere lägen nicht mehr auf Stroh, sondern auf dem gut isolierten Boden. Er sei entweder aus Kunststoff, Holz oder auch aus Steingut. Die Sauberhaltung der Stallungen sei damit sehr vereinfacht, und die Krankheitserreger seien leichter zu bekämpfen. Die Tiere stünden sauberer, so daß auch die Milchgewinnung hygienischer sei.

Der schwätze ständig von Kühen und könne eine Geiß nicht von einem Kalb unterscheiden, meint Hegu Hinterkrachen und zündet sich einen Stumpen an.

Von Lafrigen doziert, neben der Mechanisierung des Stalls sei auch die Ausbringung des Stalldungs von größter Wichtigkeit, da die Entmistung von Hand sehr schwer sei und nicht gerade zu den angenehmsten Arbeiten der Landarbeit zähle. Die selbständig in die Grube geflossene Gülle entmische sich bei der Lagerung in dem Behälter sehr stark; schwere Teile setzten sich ab und leichte Bestandteile bildeten sogenannte Schwimmdecken, deshalb müßten Güllegruben gemischt werden: mechanisches Mischen, pneumatisches Mischen und hydraulisches Mischen.

»Das ist alles schön und gut«, erklärt Mani, eingeklemmt zwischen dem Bärenwirt und Ochsenblutt, aber jetzt wolle er einen Traktor sehen, das sei das Wichtigste, sein Traum, ob man neue Ställe brauche, könne man sich erst überlegen, wenn man einen Traktor besitze.

»Dann bitte«, sagt von Lafrigen, führt sie an der Plastikkuh mit der Ländlerkapelle vorbei und in die Maschinenausstellungshalle. Irgendwo singt ein Männerchor.

Der Schlepper sei die wichtigste Landmaschine im modernen Bauernbetrieb, beginnt von Lafrigen einen neuen Vortrag und wischt sich den Schweiß von der Stirne; denn neben seiner Aufgabe als Zugmaschine diene der Schlepper immer mehr als Energiequelle für angehängte Maschinen.

Wenn er nur besser Schriftdeutsch verstünde, murrt Res Stierer. Warum die denn einen fremden Fötzel schicken müßten, er habe noch nie gehört, daß ein Schweizer ›von Lafrigen‹ heiße, mault Geißgrasers Ludi ganz laut und ungeniert; und der alte Geißgraser, der auch mitgekommen ist, meckert, mit der Schweiz gehe es bachab.

An den sogenannten Zapfwellen, fährt von Lafrigen fort, die aus dem Getriebeblock des Schleppers herausragen, werde die Energie abgezapft, der moderne Schlepper besitze drei Zapfwellen: zwei am Ende des Getriebeblocks unter der Anhängekuppelung, mittels einer Gelenkwelle könne von hier aus die Energie an eine angehängte Maschine abgegeben werden, die dritte Zapfwelle stehe nach vorne aus dem Getriebeblock und diene speziell dem Antrieb eines Anbaumähwerkes.

So eines wolle er sehen, aber eines, das für das Flötenbachtal geeignet sei, verlangt Mani, und Röufu und der Bärenwirt umklammern ihn ängstlich, und dann schauen sie sich alle die landwirtschaftlichen Maschinen an, die man an den Schlepper anhängen kann, damit sie Winden und Pflüge heraufziehen, und alle anderen Geräte für steile Hänge.

So was müßten sie kaufen, sagt Mani zu seinen Söhnen Jöggu und Alex, und dann verlassen sie von Lafrigen und die Ausstellung.

Wie sie auf die Bahnstation von Oberlottikofen wollen, müssen sie am ›Mönch‹ vorbei, in welchem der Oberländische Trachtenverein sein Jahrhundertfest abhält, darauf gehen sie zum ›Eidgenossen‹, zum ›Löwen‹, zum ›Eiger‹, zur ›Jungfrau‹, zur ›Blümlisalp‹, zum ›Wildstrubel‹ und zum ›Wilden Mann‹. Alles ist überfüllt, sie wollen immer noch zur Bahnstation, kommen aber wieder zum ›Mönch‹. Die Frau vom Präsidenten, Aelligs Christine, steht gerade draußen auf der Terrasse und ruft zur Bahnhofstraße hinüber, da komme ja Res Stierer, und schon sind sie im großen Saal und nehmen an der Tanzerei teil. Sämu, Miggu Hacker und Hermännli Zurbrüggen hopsen wie wild und auch Res Stierer. Und Mani, zwischen dem Bärenwirt und Röufu an eine Holzwand hinter einem Tisch gepreßt, daß er sich kaum zu rühren vermag, einen Liter Roten auf dem Tisch, ist verwundert, daß der dicke Stierer noch so tanzen kann. Und als Christine bei den dreien vorbeikommt und fragt, warum sie denn so steif an der Wand säßen, meint der Bärenwirt, es sei nichts, nur sei es dem Mani nicht ganz gut, und sie seien schließlich Freunde.

»Prost, Döufu«, sagt er und trinkt ihm zu.

Wie's denn dem Kläri gehe, will Christine wissen.

Der gehe es gut, antwortet Mani.

Da kommen einige von Unterflötigen und Hinterkrachen Emmis Unehelicher von Mittellottikofen vom ›Eiger‹ herüber in den ›Mönch‹. Sie sind schon ganz betrunken, es gibt eine Mordsschlägerei mit dem Oberlottikofer Trachtenverein, und dann rücken von der ›Blümlisalp‹ die Unterlottikofer heran, die schlagen noch wilder drein. Einer wirft Ochsenblutts Röufu einen Bierkübel an den Kopf, der rührt sich nicht einmal, wischt auch das Blut auf der Stirne nicht ab. Nur keine Polizei, denkt er, nur keine Polizei.

Aber es kommt schlimmer. Vom oberen Säli, wo sie gesessen haben, kommen Ständerat Aetti, eigentlich Härdu Aetti, der in Oberlottikofen aufgewachsen ist,

Regierungsrat Schafroth und Gemeindepräsident Emil Müetterli. Die Unter-, Mittel- und Oberlottikofer erstarren, die Ehre ist für sie ungemein. Sie sollen sich ruhig weiterprügeln, meint der Ständerat. Gelächter.

»Super-Aetti«, schreit einer, alles setzt sich.

Das Trachtenfest geht weiter, aber der Ständerat, der Regierungsrat und der Gemeindepräsident nehmen ausgerechnet gegenüber dem Bärenwirt und Röufu mit Mani dazwischen Platz. Der Mönchswirt serviert persönlich, die drei Ehrengäste nehmen eine Flasche Dézaley, und der Ständerat, ein noch nicht vierzigjähriger wuchtiger Bauer, wie man meinen könnte, der aber in Wirklichkeit sowohl der erfolgreichste Rechtsanwalt als auch der gerissenste Politiker im Kanton ist, fragt die drei an der Wand ihm gegenüber, woher sie denn kämen, von Oberlottikofen auf alle Fälle nicht.

Der sei der Bärenwirt aus dem Flötenbachtal, sagt Müetterli und weist auf Schlaginhaufen, und er erlebe es zum ersten Mal, daß der auf seinem Maul hocke, er führe sonst ein besonders großes.

So so, die Mannen kämen aus dem Flötenbachtal, ei ei, er habe in seinem Departement sagen hören, sie wollten die Straße nicht schneefrei machen, potz potz, so etwas Störrisches habe er seit langem nicht erlebt.

Da könne er nichts dafür, antwortet der Bärenwirt endlich, in Todesängsten, der Mani könnte reden. Sie seien nicht so blöd, das Postauto gehöre der Postdirektion, und darum müsse der Herr Regierungsrat den Schneepflug bezahlen.

Die Straße brauche ja nicht nur sein Departement, sondern auch die Gemeinde, entgegnet der Regierungsrat.

Das sei ihnen egal, meint der Bärenwirt, worauf der

Regierungsrat lacht, dann würden sie eben noch lange im Schnee steckenbleiben, ihretwegen lasse er die Straße nicht auf Kantonskosten räumen, und plötzlich wird er wütend und sagt, aber er lasse sie räumen und werde ihnen die Rechnung samt Buße schicken.

Der Ständerat Aetti lacht und schenkt den drei Flötenbachern ein, eine weitere Flasche Dézaley bestellend. Wenn er Schafroth wäre, würde er als Sozi sich mit den Bauern im Oberland nicht einlassen, wenn die keinen Schneepflug wollten, dann wollten sie eben keinen, und wozu sollten die Flötenbacher einen brauchen. Das seien noch echte Bergbauern, und ihr Tal sei noch wie früher, Gott sei Dank, während hier in Oberlottikofen auf jeden Hügel ein Sesselilift hinaufführe, und Emil Müetterli, der da neben ihm sitze, wolle sogar die Idee durchstieren, innen im Ödhorn einen Liftschacht bis zum Gipfel anzulegen, weil es so verschissen sei, kein Wunder, Tausende Touristen würden von den Bergführern hinaufgeschoben, und dutzendweise fielen jene, die es im Alleingang versuchten, herunter, es gehöre zur Mode, auf dem Ödhorn gewesen zu sein.

Was denn Härdu Aetti plötzlich gegen den Fortschritt habe, fragt der Gemeindepräsident Müetterli verwundert.

Nichts, sagt der Ständerat, aber daß man nichts als Geld im Kopf habe, ekle ihn langsam an, die Eidgenossenschaft habe nichts anderes mehr im Kopf als Geld, Luxus, Ferien, Schweinereien; was eine Hure verdiene, sei unwahrscheinlich, mehr als ein Gymnasiallehrer; doch wenn einmal einfache Bergbauern, wie diese drei, den Tanz ums Goldene Kalb nicht mitmachen und ihre einfachen sauberen Sitten bewahren wollten und die Schönheit ihres Tals – denn was gebe es Erhabeneres als ein eingeschneites Dorf –, dann käme prompt die Regierung mit Repressalien. Aber nun müßten sie zu den Unterlottikofern, sonst gebe es böses Blut.

Die drei verabschieden sich, und der Bärenwirt ist so erleichtert, daß er auch einen Dézaley bestellt und dann noch zwei und dann Kaffee und Schnaps. Er zahle alles.

So ist es denn schon Morgen, als sie von Oberlottikofen mit dem Frühzug ins Dorf am Talende kommen. Wie sie an der Kirche und dem Pfarrhaus vorbei die hier noch schneefreie Straße hinaufgehen, steht plötzlich der Pfarrer vor ihnen.

So, ihr Steckköpfe, sagt er, weil sie ihren Beitrag nicht leisten wollten für den Schneepflug, müsse er nun auch zu Fuß zu ihnen hinauf für seine monatliche Predigt.

Dafür schlügen sie auch heute nacht die Blüttlibuche für das Gebälk des Kirchendachs, antwortet der Bärenwirt.

Endlich einmal eine christliche Tat, für die er sich gern revanchiere, strahlt der Pfarrer: Er habe heute vor, seiner seelsorgerischen Pflicht mit besonderer Genauigkeit nachzukommen und jede Familie zu besuchen, es nehme ihn doch wunder, wo ihnen der Schuh drücke, auch wolle er nachsehen, wie es seine ehemaligen Konfirmandinnen trieben, Schlaginhaufens Änneli, Ochsenblutts Elseli, Hackers Züseli und Hinterkrachens Mariannli seien ja besonders fröhliche und fromme Kinder gewesen; auch so richtig essen wolle er im ›Bären‹, Bernerplatte, und am Abend Spiegelei und Rösti, Zeit habe er ja, heute sei Vollmond, er freue sich, in dessen mildem Licht wieder ins Tal hinunterzuwandeln.

Die Bauern, dicht um den Pfarrer geschart, geraten von der Dorfstraße auf die noch immer tiefverschneite Flötenbachtalstraße. Neben dem Bärenwirt stapft der Pfarrer durch den Schnee und zwischen dem Bärenwirt und Ochsenblutt, in sich versunken wie ein Verhafteter, Mani.

Eigentlich begreift er nicht, warum alle so mißtrauisch sind, er ist ja einverstanden; und der Pfarrer denkt, eigentlich sei es ein Glück heute morgen, sonst sei es ein Kreuz mit diesen Berggemeinden, ein wahres Golgatha, so primitiv seien diese Leute, aber jetzt sei es möglich, sich etwas populär zu machen, es sei eben leider so, daß der Dogmatiker Wunderborn stolz darauf sei, einmal in Ömiswyl ein beliebter Dorfpfarrer gewesen zu sein. In Ömiswyl, ausgerechnet in diesem bigotten Kaff, und jetzt predige Wunderborn die Theologie ohne Gott, aber jeder, der sein Nachfolger werden wolle, müsse wie er ein populärer Pfarrer gewesen sein, möglichst auch in einer Berggemeinde, das sei die Hauptbedingung.

Sie kommen in den Wald, und der Bärenwirt denkt, was man nur mit dem Pfarrer machen solle, diese verflixte Predigt, und dann noch die Hausbesuche, wenn nur einer rede, seien die Millionen bachab, auf Nimmerwiedersehen, und Hackers Miggu denkt, er schmeiße den Pfarrer einfach in den Flötenbach, die andern würden schon das Maul halten.

Die Sonne bricht durch die verschneiten Tannen. Den Pfarrer überfällt ein Glücksgefühl. Sein ›Fundament Freude‹, eben vierbändig erschienen, sei wirklich der theologische Wurf, leuchtet es ihm nun auch selber ein, der das dritte Jahrtausend einläute, wie Niederhauer in der Rundschau geschrieben habe, Hut ab vor Niederhauer, aber das Problem, wie Barth in Bloch und beide zusammen unter Berücksichtigung von Sölle, Söltermann und Gläuberich in Hegel zurückzuintegrieren wären, sei nun einmal die letzte theologische Aufgabe des zwanzigsten

Jahrhunderts gewesen, und er, der Pfarrer der kleinen Berggemeinde Flötigen, habe diese Aufgabe gelöst, unmöglich, daß Wunderborn ihn jetzt übergehen könne.

Ob es denn überhaupt einen lieben Gott gebe, fragt Mani plötzlich und bleibt stehen.

Ochsenblutts Röufu bleibt stehen, der Pfarrer bleibt stehen, nur der Bärenwirt geht weiter, weil er gerade überlegt – als ob er Hacker Miggus Gedanken wüßte –, wie es wäre, wenn man den Pfarrer in die Flötenbachschlucht würfe, man könnte dann ja sagen, er sei ausgerutscht; aber wie er zurückschaut, weil er plötzlich allein durch den Schnee stapft, befindet sich zu seinem Entsetzen neben Mani schon der Pfarrer, erschüttert von der Dummheit der Frage:

Da neige sich das zwanzigste Jahrhundert dem Ende zu, und die Bauern hätten theologisch überhaupt noch nichts begriffen, stellt er bitter fest, und da solle er bei diesen Neandertalern noch populär sein.

Die Bauern rücken zusammen, nah an den Pfarrer. Mani werde reden, spüren sie alle instinktiv, und auch wenn es bis zum Flötenbach fast eine Stunde dauere, müsse man dem Pfarrer jetzt das Handwerk legen. Ihre Augen glitzern.

Aber der Pfarrer legt los, zorniger als er eigentlich will, »Bauer«, sagt er, ob er nun Locher, Ochsenblutt oder sonstwie heiße, wer könne sich schon diese komplizierten Namen merken, das gehe ja zu wie in russischen Romanen, ob er ihm wirklich allen Ernstes eine so dumme Frage stelle, ›Gott‹, das Wort könne er als Pfarrer gar nicht mehr hören. Ob er ihm denn das Märchen aufbinden solle, in der Eiger-Nordwand, auf dem Wetterhorn, in der Blümlisalp, im Finsteraarhorn oder auf dem Ödhorn sitze ein alter Mann mit einem weißen Bart und regiere die Welt? Auf die Freude komme es an, Bauer, habe man die, so brauche man nicht zu fragen, wie Kinder fragen. Da seien sie vom Bahnhof gekommen, fröhlich, glücklich, nach einer Tanzerei in Oberlottikofen, wie er sich denken könne, und vorher hätten sie voller Freude die Landwirtschaftliche Ausstellung bewundert, doch kaum hätten sie ihren Pfarrer gesehen, sei die Freude von ihnen gewichen, weil er sie eben an bestimmte Fragen erinnere, zum Beispiel, ob es einen Herrgott gebe, ob Christus wirklich Gottes Sohn gewesen sei, ob er auferstanden sei und ob sie selber einmal auferständen, da werde man düster; aber wenn man etwas Schönes, Einfaches erblicke, ein neugeborenes Kälblein oder ein hübsches Fraueli oder diesen prächtigen Wald oder den Vollmond, da würden sie auf einmal wieder freudig, und so sei es mit dem Christentum, es sei die Freude selbst, und weil es die Freude selbst sei, stellten sich alle die Fragen, die sich sonst stellten, überhaupt nicht mehr, das seien angesichts der Freude gleichgültige Fragen.

Und während der Pfarrer so weiterredet von der Freude als dem Urfundament, wird der Bärenwirt selbst freudig, er hat auf einmal eine Idee, bleibt stehen, bis er, wie die Bauern an ihm vorbeistampfen, zu Hackers Miggu kommt, der immer noch entschlossen ist, den Pfarrer in den Flötenbach zu schmeißen.

»Miggu«, sagt der Bärenwirt, »der Pfarrer schwatzt und schwatzt«, so komme Mani zum Glück nicht dazu, ihm etwas zu verraten, Miggu solle ins Dorf abhauen und das Kirchlein leerhalten, niemand dürfe hinein.

Da beginnt Miggu zu spurten, schießt an den Bauern vorbei, talaufwärts, und der Pfarrer, immer noch mit der Freude beschäftigt, merkt es nicht einmal.

Wie sie ins Dorf kommen, dankt Mani dem Pfarrer für den Bescheid und geht zu seinem Hof neben Ochsenblutts Scheune. Auch die andern Bauern gehen auseinander, der Pfarrer steht mit dem Bärenwirt allein vor dem ›Bären‹.

Es sei höchste Zeit, sagt der Pfarrer, in das Kirchlein zu gehen, die Fraueli und die Mädchen würden schon auf ihn warten. Daß die Bauern heute nicht kämen, verstehe er, aber dann stutzt er: ein Mädchen huscht an ihnen vorbei in den ›Bären‹, ohne sie zu grüßen.

Ob das nicht Hackers Züseli sei, fragt der Pfarrer verdutzt.

Er habe nicht hingeschaut, antwortet der Bärenwirt.

Doch, doch, sagt der Pfarrer, Hackers Züseli, sein liebstes Konfirmandenkind, es wundere ihn aber sehr, daß es in den ›Bären‹ statt in das Kirchlein gehe, doch nun eile es mit der Predigt, im übrigen freue er sich nach den ersten Hausbesuchen auf die Bernerplatte.

So macht er sich denn auf zum Kirchlein, das zwischen dem ›Bären‹ und Stierers Gehöft etwas einsam am Hang klebt, doch wie er hineinkommt, bleibt er verwundert stehen, das Kirchlein ist leer, nur an der Orgel über der Empore sitzt Fräulein Claudine Zäpfel, die Lehrerin, auch sie fassungslos.

Was denn los sei, warum denn niemand hier sei, stottert der Pfarrer, warum denn niemand läute (was ihm erst jetzt auffällt).

»Also gut«, wenn er es denn durchaus wissen wolle, sagt der Bärenwirt hinter ihm, der dem Pfarrer gefolgt ist, die Kirche sei leer, weil die Gemeinde mit ihm nichts anfangen könne. Eben, als sie das Tal hinaufgegangen seien, habe ihn Mani gefragt, ob es einen Gott gebe, und er, der Herr Pfarrer, habe geantwortet, das spiele keine

Rolle, er solle sich nichts als freuen, das aber wollten sie nicht hier oben, was der Herr Pfarrer da predige, seit er in ihr Dorf gekommen sei, das sei nichts für sie, sie wollten den alten lieben Herrgott wieder und den Heiland und die Auferstehung, was er denn, der Bärenwirt, etwa denken solle, wenn sein letztes Stündlein schlage, oder Mani, wenn er beim Holzen unter eine Tanne käme oder unter eine Buche? Punktum, sie verlangten andere Predigten, fromme Predigten, sonst würden sie lieber katholisch, und weil der Herr Pfarrer die nicht zustande bringe, weil er ja nicht einmal an den lieben Gott glaube, möchten sie ihn alle da oben nicht mehr als Pfarrer haben, darum sei die Kirche leer, er selbst, der Gemeindepräsident, werde das der Kirchenbehörde schreiben. Der Bärenwirt kehrt dem Pfarrer den Rücken zu und geht durch die Kirchentüre in den Schnee hinaus.

Der Pfarrer glaubt einen Augenblick, er falle in Ohnmacht, Wunderborns wegen, dessen Professur er doch haben möchte und die er nur bekommt, wenn er ein ebenso populärer Pfarrer ist wie Wunderborn in Ömiswyl. Einen Augenblick nur schwankt er, dann fragt er Claudine Zäpfel, ob sie ihm in der Sakristei in den Talar helfe, da der Sigrist offenbar auch nicht da sei, und nachdem Claudine Zäpfel ihm in den Talar geholfen und ihm auch das Beffchen umgebunden hat, schickt er die Lehrerin fort und besteigt die Kanzel, schlägt die Bibel auf, blättert, beginnt mit plötzlich heiserer Stimme die Predigt:

»Ich lese aus der Apostelgeschichte Kapitel 23 Vers 26: Claudius Lysias, dem teuren Landpfleger: Freude zuvor!

Liebe Bänke, lieber Taufstein, liebe Orgel, liebe Empore, liebe Fenster, liebe Mauern, liebe Balken, liebes

Dach, meine liebe leere Kirche. Die Worte der Bibel, die ihr vernommen habt, sind der Beginn eines Briefes. Claudius Lysias ist der Absender, der Landpfleger der Empfänger, ›Freude zuvor‹ der Gruß.

Wenn ich euch aber jetzt erklären würde, wer Claudius Lysias und wer der Landpfleger gewesen ist, so wären euch dieser Claudius Lysias und dieser Landpfleger, oder gar der Mann, um dessentwillen dieser Brief geschrieben wurde, der Apostel Paulus nämlich, mit Recht völlig gleichgültig, denn was begreift ihr Balken oder Mauern schon, wer diese Leute sind, aber wenn jetzt – wie sonst jeden vierten Sonntag – die Bauern und Bäuerinnen auf euch säßen, meine Bänke, wie wären sie neugierig darauf, denn sie interessieren sich in ihren Bergen seit eh und je nur für das Nebensächliche. Aber das Wichtigste, wichtiger als alles Vergangene, das, was lebt, einst, jetzt und immerdar, das, was diese Bauern und Bäuerinnen nicht fühlen, das Wesentliche vom Wesentlichen, das fühlst du jetzt, meine leere Kirche, dieses ›Freude zuvor‹, indem du diese ›Zuvor-Freude‹, diese Urfreude, geradezu körperlich erlebst, erfüllen dich doch die Ausdünstungen dieser Bauern und Bäuerinnen nicht mehr, so wie auf euch, ihr Bänke, ihr Gewicht nicht mehr lastet, und von euch, ihr Mauern, ihr Schnarchen nicht mehr widerhallt und ihr jämmerlicher Gesang, den du, Orgel, begleiten mußt.

Du bist befreit, leere Kirche, und weil du befreit bist, begreifst du auch, die du mit deinem Holz, Stein, Metall und Glas schlechthin Staub bist, den Briefschreiber, den Oberhauptmann Claudius Lysias, und den Grund seines Briefes, den Apostel Paulus, und den Empfänger des Briefes, den Landpfleger, sind sie doch auch schlechthin Staub geworden, und werde ich doch auch einmal schlechthin Staub sein, so wie diese Bauern und Bäuerinnen einmal Staub werden, ja schon Staub sind, ohne es zu wissen.

Weil aber Staub Staub begreift, erkennen wir uns alle ineinander wieder, ein Spiegel in einem anderen Spiegel, und bekennen: Freude zuvor dem Landpfleger, wobei nebensächlich ist, wie wir diesen Landpfleger nennen, ob Felix, wie in der Apostelgeschichte, ob Gott, ob Weltall, Hauptsache, daß jeglicher Staub, ob Holz, Steinklotz, Gewürm, Getier, Mensch, Erde, Sonne, Milchstraßensysteme, ins Nichts hineinjauchzet: Freude zuvor!

Deshalb nämlich, leere Kirche, weil wir als Staub, als Staub von Staub, als Stäublein eines Stäubleins existieren, und sei es nur kurze Zeit, einige Jahre, einige Monate, einige Stunden, ja einige Sekunden oder gar, wie einige Teilchen eines Millionstel Stäubchens, nur einige Millionstel Sekunden: Auch diese jubilieren! Gibt es doch für alles und jegliches kein anderes Fundament als dieses: Freude zuvor, denn allein die Freude fragt nicht, allein die Freude grübelt nicht und allein die Freude tröstet nicht, weil allein die Freude keinen Trost braucht, ist sie doch zuvor, die Freude zuvor. Amen.«

Damit schmettert der Pfarrer von Flötigen die große schwere Bibel zu, steigt würdig von der Kanzel, begibt sich in die Sakristei, bindet sich das Beffchen ab, zieht den Talar aus, legt ihn zusammen und steht, wie er ins Freie treten will, vor Claudine Zäpfel.

Die Lehrerin glüht mit großen Augen, der Pfarrer sei gewaltig gewesen, stottert sie, sie habe die ganze Predigt gehört. Er starrt Claudine Zäpfel an, ihn erfaßt ein ungeheurer Zorn, eine Wut gegen die ganze Welt, gegen Wunderborn und gegen seine Frau, eine geborene Ramseier, die nichts unternimmt, ihn populär zu machen, wen interessieren auch ihre Ehekurse? Er reißt Claudine Zäpfel in seine Arme, ›Freude zuvor‹, küßt Claudine Zäpfel wild, übermorgen sei seine Frau in Konigen mit ihrem Ehekurs, brüllt mächtig auf, daß es ins Tal schallt: Denen habe er es aber gegeben; und dann rennt der Pfarrer, eine verküßte, überglückliche Claudine Zäpfel zurücklassend, am ›Bären‹ vorbei das Tal hinunter, sich nur noch einmal umwendend, als er den Flötenbachwald erreicht, die Faust drohend schüttelnd: Freude zuvor.

Aber der Bärenwirt, der aus der Türe des Gasthofs tritt, grinst, den Pfarrer hätten sie abserviert, und als er in die Gaststube zurückkehrt, fragt er Sämu, wer denn beim Locher sei.

Wieder die Frieda, sagt Sämu unzufrieden.

Na und, als Koblers Tochter erbe sie jetzt ganz schön, er solle nicht dumm sein, auch Änni und alle im oberen Tal schliefen nun einmal mit Wauti.

Damit gibt er Sämu eine Flasche Bäzi, »da, bring sie ihm hinauf«, auch solle er dem Polizisten noch vier Flaschen Algerier bringen, damit der diese Nacht nicht störe, er sei froh, wenn der Vollmond heute komme, dann sei bald alles vorüber, er meine, das würden wohl die anderen auch denken, darum blieben sie auf ihren Höfen, statt bei ihm in der Gaststube zu sitzen und zu jassen, aufgeregt sei halt schon jeder ein wenig.

Es wird endlich Mittag, und ein Nachmittag bricht an, der nicht aufhören will, der Himmel wie eine dunkelblaue Wandtafel, kein Windstoß, keine Bewegung, nur Weltallkälte, einmal donnert es vom Gurgelengrund her, eine Lawine, und gegen fünf kommt vom Welschwäldli Mani, gekleidet wie immer, nicht einmal ein Halstuch oder einen

Hut, und in einiger Entfernung folgen ihm Res Stierer und dessen Sohn Stöffu. Vor seinem Haus stellt Mani den Stock an den Türpfosten, betritt durch die Küche die Wohnstube, wo am Tisch Jöggu und Alex sitzen, und am Fenster steht Manis Frau und schaut hinaus gegen den Mannerenwald, während draußen der alte Stierer sich auf die Bank setzt und der junge hinters Haus geht.

Er habe noch einen Gang gemacht, sagt Mani, zum Wasserfall, der sei ganz vereist, und eben sei die Sonne hinter dem Zollengrat hinabgegangen. »Ganz groß und rot.«

Nach ein, zwei Tagen dann komme wieder Schnee, sagt Alex, und Jöggu meint, Herr Mani hätte einen Mantel anziehen sollen in dieser Kälte, sonst könne er sich einmal noch erkälten.

Warum er denn auf einmal ›Herr Mani‹ zu ihm sage, fragt der Bauer.

Weil Wauti Locher sein Vater sei, antwortet Jöggu.

So, das habe Wauti also dem Jöggu gesagt, stellt Mani seiner Frau gegenüber fest. Die sagt nichts. Jöggu erhebt sich, ein großer, sonst gutmütiger Bauer.

Und als sie von ihm schwanger geworden sei und der Locher sie nach Kanada habe mitnehmen wollen, meint er wütend, habe seine Mutter, diese Kuh, statt dessen Mani geheiratet mit seinem kleinen Hof, sonst wäre er, Jöggu, jetzt in Kanada und hätte Millionen, statt hier zu sitzen als seines Stiefvaters unbezahlter Knecht, der sich nicht einmal eine Frau leisten könne.

Eine Million würden sie jetzt ja kriegen, antwortet Mani. Daß es hier schwer gewesen sei, gebe er zu, der Hof sei eigentlich mehr eine Hütte, aber das werde jetzt ja alles besser und damit auch wirtschaftlicher, mit dem modernen Stall und dem Traktor, und nicht nur seiner Frau und Jöggu und Alex werde es besser gehen, auch dem ganzen Dorf.

Die Million teile er aber nicht mit Alex, sagt Jöggu, die gehöre ihm, und ein moderner Stall und Traktor kämen auch nicht in Frage, mit der Million gehe er nach Kanada, und Locher werde schon mit sich reden lassen und ihm noch einige Millionen geben. Locher sei schließlich sein Vater, und alle sagten, er gliche ihm.

Das sei wahr, tut endlich Alex das Maul auf, all die landwirtschaftlichen Neuerungen seien Unsinn, aber auf die Hälfte der Million verzichte er nicht, er sei jetzt achtunddreißig, und mit einer halben Million könne man in der Stadt besser leben als hier.

Wer denn von einer Million rede oder einer halben, antwortet Mani, die Million bekomme die ganze Familie, seine Frau eine drittel Million und Jöggu und Alex je eine drittel Million.

Sie nehme nichts vom Geld, sagt plötzlich die Frau, kommt um den Tisch herum und schaut ihrem Mann ins Gesicht. Sie ist abgearbeitet, scheint aber viel jünger, als sie ist, wenn auch ihre Haare schneeweiß sind, dafür ist sie immer noch gut gewachsen und gesund.

»Ich habe dich damals geheiratet, Mani«, sagt sie, »weil du ein anständiger Bursche gewesen bist und weil du mich zur Frau gewollt hast, trotzdem ich schwanger gewesen bin. Ich habe damals gewußt, daß ich mich auf Locher nicht verlassen kann. Wie recht ich gehabt habe, siehst du jetzt.

Er ist nicht gekommen, um sich an dir zu rächen, wie du dir wahrscheinlich einbildest, er will sich einen Spaß mit uns armen Menschen erlauben, weil er uns verachtet, heute und damals. Und auch unser Schicksal amüsiert ihn: die im Dorf werden untereinander Streit bekommen, das siehst du ja schon bei Jöggu und Alex, weil eine Familie Kinder hat, daß es nur so wimmelt, so etwa die Geißgrasers, und eine andere nur aus zwei Personen besteht wie die Stierers.

Ich sage dir, Mani, in diesem Dorf wird es wie in der Hölle zugehen, wenn sie dich erschlagen haben, alle möchten dann über einander herfallen wie die Wölfe, und es doch nicht wagen, aus Angst, jemand werde reden. Aber was rede ich da. Du mußt sterben, nicht ich.

Aber weil wir nun halt einmal Abschied nehmen müssen für immer, laß es dir gesagt sein, Mani, du bist der anständige Mensch geblieben, den ich geheiratet habe, aber ich weine nicht darüber, daß sie jetzt die Blüttlibuche über dich fällen, ich bin bloß froh, daß ich nicht über deine Dummheit lachen muß, weil sie einfach zu blödsinnig ist. Geschuftet hast du, weiß Gott, all die vielen Jahre, wie wir alle geschuftet haben, Jöggu und Alex und ich vielleicht am meisten, und wie nun dieser Aufschneider aus Kanada mit den Millionen kommt, was tust du? Du opferst dich! Wozu? Hast du etwas vom Geld? Wenn es wenigstens einen Sinn hätte bei denen im Dorf. Aber die haben es noch nicht einmal, und schon ist alles verhurt, und nicht nur die Mädchen.

Dabei hättest du dich jeden Tag retten können, du, der du alle Wege und Stege in diesem Tal wie kein zweiter kennst. Hast du den Polizisten eingeweiht? Nicht einmal das, der Bärenwirt weiß genau, warum der nichts wissen darf, der hätte sie schön erpreßt. Und im ›Mönch‹ in Unterlottikofen, hast du dem Ständerat und dem Nationalrat und dem Gemeindepräsident gegenüber das Maul aufgetan? Geschwiegen hast du. Und durch Flötigen seid ihr alle gezogen, und du hast nicht gebrüllt ›Leute, die wollen mich für vierzehn Millionen ermorden‹, dabei sind die doch so voll gewesen, daß du dich einfach hättest davonmachen können, so leicht wäre das gewesen, und dem Pfarrer hast du es da auch nicht gesagt, im Wald wäre es ja zu spät gewesen, da hätten sie ihn womöglich in den Flötenbach geschmissen.

Und warum hast du dich nicht gewehrt? Ich will es dir sagen: weil es immer dein Traum gewesen ist, ein Leben lang, einen modernen Stall und einen Traktor zu haben, und weil du dir eingebildet hast, Jöggu und Alex möchten das auch haben. Deshalb hast du dich nicht gewehrt, und nun siehst du selber, niemand will einen modernen Stall und einen Traktor, weder Alex noch Jöggu und niemand im Dorf. Sie wollen alle nur Geld. Döufu Mani, dir ist nicht mehr zu helfen.«

»Laß gut sein, Frau«, sagt Mani, »es ist nun einmal so.«

In der Türe steht der Bärenwirt und sagt, es sei soweit, und dann sagt er zu Ochsenblutts Röufu hinter ihm, es sei besser, er bleibe hier.

»Leb wohl«, sagt Mani zu seiner Frau. Sie schweigt.

Darauf gehen alle außer Röufu mit Mani am ›Bären‹ vorbei direkt zum Tal und über den dort zugefrorenen Flötenbach in den Mannerenwald. Über den Balzenhubel schwebt der Mond gegen das Ödhorn, das nur vom Mannerenwald aus zu sehen ist, es wird fast taghell; wie der Wald ansteigt, kommen sie mühsam, sich im Schnee hinaufarbeitend, aufs Blüttli, eine Lichtung, in deren Mitte eine große Buche steht, die Blüttlibuche. Die Bauern umringen sie, in ihren Händen lange, große Beile, aus ihren Mündern stößt der Atem wie Dampf.

Ob die Blüttlibuche angesägt sei, fragt der Bärenwirt.

Das hätten sie heute nachmittag getan, sagt Ochsenblutts Mäxu.

»Setz dich, Mani«, sagt der Bärenwirt.

Mani stampft an der im Vollmond liegenden Seite der Buche den Schnee noch fester und setzt sich mit dem Rücken gegen die Buche, dort, wo sie angesägt ist.

»Beginnen wir«, sagt der Bärenwirt, und dann schlagen Hackers Chrigu und Geißgrasers Nobi ihre Beile in die Blüttlibuche, die Beile prallen zuerst ab am eisenharten Stamm, die Schläge hallen durchs Tal, mächtig sind sie im Dorf zu hören, dann dringen die Beile langsam ein, jetzt schlagen Res Stierer und Binggu Kobler, und der Bärenwirt sieht, wie Mani, an den Baum gelehnt, die Lippen bewegt.

Der Bärenwirt gibt ein Zeichen, Kobler und Stierer hören auf zuzuhauen, und der Bärenwirt neigt sich zu Mani und fragt, ob er noch etwas wolle.

»Der Vollmond«, antwortet Mani mit großen Agen.

»Der Vollmond?« fragt der Bärenwirt und schaut verständnislos hin. »Was soll mit dem sein?«

Dann wendet er sich wieder den beiden mit den Beilen zu.

»Es ist nichts, schlagt weiter.«

»Ich weiß nicht«, sagt Binggu, und Res sagt: »Schau dir doch noch einmal den Vollmond an, Bärenwirt.« Der betrachtet ihn.

»Der ist nicht mehr ganz rund«, sagt er dann.

»Ein kleines Stück ist weg«, sagt hinter ihm Sämu furchtsam. Dem Bärenwirt geht ein Licht auf.

»Eine Mondfinsternis«, erklärt er, »das kommt jeden Monat vor.«

»Noch nie gesehen«, mault Hermännli Zurbrüggen.

Ob sie denn je den Mond betrachtet hätten oder die Sterne, fragt der Bärenwirt. Jede Nacht säßen sie ja bei ihm in der Gaststube, und wenn sie heimgingen, sähen sie sowieso den Mond nicht, so voll seien sie dann; eine Mondfinsternis sei etwas beinah Allwöchentliches, er habe schon den Halbmond so halb gesehen, daß er wie ein Viertelkäse ausgesehen habe, in Minuten sei jede Mondfinsternis vorüber.

»Die nimmt aber zu«, sagt Binggu, »der Mond wird immer weniger.«

Alle schweigen, und dann kommt vom Waldrand der alte Geißgraser auf die Bauern zu wie ein Gespenst im Mondlicht, das unmerklich immer schwächer wird.

»Ihr Kälber, merkt ihr nun, warum euch Wauti Locher mit seinen Millionen verführt hat, Mani in dieser Vollmondnacht totzuschlagen«, meckert der Alte schadenfreudig, »weil heute der Mond zerplatzt, weil er von innen zu glühen beginnt, ihr werdet es sehen. Ich habe das schon einige Male beobachtet, aber noch nie an einem Sonntag. Der Mond wird heute in Stücken auf die Erde fallen, jedes Stück größer als Europa, und die Erde und die Welt werden untergehen. Darum gibt auch der Locher seine Millionen her, weil sie ihm sowieso nichts mehr nützen.«

Der Alte lacht, hopst vor Freude im Schnee herum, aber sein Sohn Ludi schreit ihm zu:

»Halts Maul.«

Und Binggu schlägt mit dem Beil wie wild auf die Blüttlibuche ein, und dann fängt auch Res an zuzuschlagen, ebenso wild, ebenso trotzig, im höllischen Takt.

»Aufhören«, schreit der Bärenwirt entsetzt, »der Mond verschwindet.«

Die beiden glotzen wie die anderen den Mond an.

»Er verschwindet nicht«, meint Res Stierer, »etwas rostiges Braunes legt sich über ihn.«

»Das ist die Sonne«, überlegt sich Binggu Kobler.

»Ich glaube, Australien«, korrigiert ihn Zurbrüggens Sämi, »ich glaube, ich habe das in der Schule gelernt.«

»Unsinn«, sagt Res, »die Erde ist rund, da können die nicht gleichzeitig da oben sein, sonst können die in Australien ja auf dem Mond spazierengehen, so ein Blödsinn.«

Die Bauern starren und starren.

Der Mond verfinstert sich immer unerbittlicher, wechselt von einem erdigen Braun zu einem rostigen Braun und ist von brennenden Sternen umgeben, die vorher nicht da waren, wird endlich zu einem glühenden zerfressenen Auge, mit gräßlichen Geschwüren übersät, das bösartig auf den dunkelrot verfärbten Schnee und die Bauern glotzt, deren Beile wie mit Blut beschmiert scheinen.

»Hau ab, Mani«, brüllt der Bärenwirt, »hau ab«, und fällt auf die Knie.

»Unser Vater, der Du bist im Himmel«, beginnt er zu beten, und die andern Bauern beten mit, »Dein Name werde geheiligt.«

Nur der alte Geißgraser wälzt sich im Schnee, der Mond platze von innen, sein Eiter werde alles überschwemmen, und dann gehe die Welt unter; er grölt, jubelt, lacht.

»Dein Reich komme«, beten die Bauern.

Mani scheint nicht begriffen zu haben, daß er frei ist, sitzt immer noch unbeweglich.

»Dein Wille geschehe auf Erden wie im Himmel.«

Endlich kommt Mani hoch, da bricht es hinter dem

feuerrot glühenden Geschwür am Himmel hervor, ein weißheller Funke.

»Er kommt wieder«, schreit Hermännli Zurbrüggen. »Der Mond kommt wieder, der Mond!«

Die Bauern schnellen hoch, ein einziger Freudenschrei, die Furcht fällt von ihnen ab, je mehr der gleißende Funke wächst, zu einem Stück des alten Vollmonds wird.

»Haut zu«, schreit der Bärenwirt, und schon schlagen Res und Binggu in den Baum, in mächtigem Takt, hinein mit den Beilen in den Stamm, gegen den sich Mani lehnt, sitzend, die Beine gespreizt im Schnee, der sein gespenstisches Dunkelrot verliert, dann schlagen wieder Nobi und Chrigu zu, der Mond tritt immer prächtiger hervor hinter dem blutigen Geschwür, das sich in nichts auflöst, die Sterne verschwinden, jetzt schlagen auch Hinterkrachen und der alte Zurbrüggen zu, Aebiger, Fäser, Aellen und Bödelmann, dann alle Bauern, auch der Bärenwirt, jeder springt vor, ein Schlag, dann der nächste; und wie die Blüttlibuche niederfällt, ist der Vollmond, wie er vor der Mondfinsternis war, groß, rund, milde, sanft, der Himmel schwimmendes silbernes Licht.

Nun müßten sie ihn noch unter dem Stamm hervorkratzen, die Blüttlibuche sei mordsdick, befiehlt der Bärenwirt, Mani sehe schön zerquetscht aus, soweit man es sehe, ein einziger Brei. Und daher ist denn auch um acht, wie es Tag wird, der Bärenwirt etwas enttäuscht, als Lotcher die Leiche nicht sehen will, sondern meint, er glaube es ihm ja, daß Mani verunglückt sei, warum solle er denn noch die Leiche besichtigen.

Lotcher ist zum ersten Mal seit jener Nacht, als er aus der Winterdunkelheit in die Gaststube trat, von seinem Zimmer heruntergekommen. Er ist schon in Pelzmantel und Stiefeln, sitzt am langen Tisch und trinkt Milchkaffee aus einer großen Tasse, ihm gegenüber sitzen Frieda und Änni. Es kommt dem Bärenwirt vor, als zittern Lotchers Hände, auch scheint er ihm älter geworden zu sein, grauer und bleicher das Gesicht.

Das Geld sei oben, sagt Lotcher.

Der Bärenwirt poltert nach oben, reißt Lotchers Zimmer auf, auf dem Tisch unter dem Fenster liegt noch immer der Koffer, unverschlossen, er klappt den Deckel auf, voller Geld. Im Bett liegt seine Frau.

Mani sei unter die Blüttlibuche geraten, sagt er, das Geld anstarrend, die Kapelle brauche neue Balken.

Sie hätten die Schläge gehört, gähnt Lisette.

Er starrt die Tausendernotenbündel an, er zählt, zehntausend, zehntausend, zehntausend, er spürt, etwas stimmt nicht, zehntausend, neuntausend, er zählt noch einmal, neuntausend, zehntausend, achttausend.

»Ihr Weiber habt Tausendernoten genommen, alle habt ihr Tausendernoten genommen.«

Lisette lacht:

»Wir kosten auch; wenn es euch nicht paßt, haben wir etwas zu erzählen.«

Der Bärenwirt schließt den Koffer, trägt ihn in das Schlafzimmer, will ihn wegschließen, es fällt ihm ein, daß seine Frau einen zweiten Schlüssel hat, und so geht er denn mit dem Koffer nach unten.

Lotcher ist nicht mehr in der Gaststube.

Wo Wauti sei, fragt der Bärenwirt noch auf der Treppe das Änni.

Sie wisse es nicht, antwortet sie, und als er befiehlt, sie solle in die Küche gehen und abwaschen, entgegnet Änni, das falle ihr nicht ein, sie habe dort nichts zu suchen, und als er Frieda anbrüllt, sie hätte sich an die Arbeit zu machen, statt da herumzuhocken, antwortet sie, sie kündige; als Tochter eines Millionärs und bald Schwiegertochter eines anderen Millionärs, des Bärenwirts nämlich, da sie ja Sämu heirate, arbeite sie nicht mehr.

Dem Bärenwirt läuft Schweiß über das Gesicht, und durch die kleinen Scheiben sieht er, wie draußen der Cadillac vorbeifährt.

Der Wagen gleitet aus dem Dorf und talabwärts, beim Felsen, bevor die Straße in den Wald gerät, holt er die Frau des toten Mani ein. Nach bald vierzig Jahren sieht er Zurbrüggens Kläri wieder. Sie trägt einen Koffer. Der Cadillac hält. Sie geht weiter. Er läßt die Scheibe hinuntergleiten, neigt sich aus dem Fenster und sagt:

»He, Kläri, steig ein.« Sie bleibt stehen, betrachtet ihn, sagt dann:

»Wenn du mich schon einlädst, Wauti Locher.«

Er öffnet die rechte Türe, sie legt ihren Koffer auf den Hintersitz und setzt sich neben ihn und sagt:

»Du siehst aus wie ein Hundertjähriger.«

»Wir sind beide alt geworden«, sagt Lotcher.

»Wo willst du hin?« fragt er, als sie schon im Wald sind.

»Nach Oberlottikofen, Arbeit suchen«, antwortet sie. Der Wagen gleitet vorsichtig ins Tal hinunter.

Kurz vor der Flötenbachschlucht reißt Lotcher das Steuer herum, so heftig, daß sich der Wagen quer zur Straße stellt. Er stellt den Motor ab. Er schweigt, schaut vor sich hin.

»Kläri«, sagt er dann, »du hast mir verschwiegen, daß du von mir schwanger gewesen bist.«

»Mani und ich wollten heiraten, es war unsere Angelegenheit, nicht deine«, antwortet sie.

»Es hat Mani nicht gestört?« fragt er.

»Kind ist Kind«, sagt sie.

Er schweigt nachdenklich, meint endlich:

»Es ist besser gewesen, daß du Mani geheiratet hast. Wir sind aus dem gleichen Holz geschnitzt. Wir passen nicht zueinander«, öffnet seinen Pelzmantel, die Verschlüsse des blauen und des roten Trainingsanzugs und macht seinen Hals frei.

»Der Schmerz ist wieder da«, sagt er, »der gleiche wie vor einem halben Jahr.« Er lehnt sich zurück, läßt die Arme fallen.

»Ich komme aus dem Spital. Ich hatte einen Herzinfarkt.« Die beiden schweigen.

Der Himmel über den weißen Tannen ist von einem milchigen Grau, irgendwo verdichtet es sich zu einer leuchtenden konfusen Masse, ohne daß die Sonne sichtbar ist.

Er reibt mit der rechten Hand unter den Trainingsanzügen langsam und gleichmäßig seine Brust.

»Zugegeben, als ich das Dorf verlassen habe, damals, hatte ich eine Riesenwut, aber schon hier im Wald hatte ich die Wut vergessen, so sehr packte mich mit einemmal die Sehnsucht, das alles zu verlassen, dieses Land und das übrige blöde Europa. Nun wohl, ich bin drüben reich geworden, unehrlich oder ehrlich, frag nicht wie. Ich habe mich nie darum gekümmert, und frag mich auch nicht nach meinen Weibern auf der anderen Seite des miesen Atlantischen Ozeans und nach meinem Sohn, der alles erben wird, ein zehnmal größerer Schuft als ich. Und euch in eurem schäbigen Tal hatte ich längst vergessen, ja, um ehrlich zu sein, ich habe, seit ich damals von Flötigen mit dem Zug abgedampft bin, nie mehr an euch zurückgedacht, ihr seid aus meinem Gedächtnis verschwunden gewesen.«

Er schweigt, tastet mühsam mit der rechten Hand, als wäre der linke Arm gelähmt, an der linken Türe herum, geräuschlos versinken die Fensterscheiben, naßkalte Luft umgibt sie, die Frau erscheint neben dem jetzt Uralten plötzlich wie jung.

»Mitten in der Brust«, sagt er gleichgültig, »bis zum Kinn hinauf. Und der linke Arm, von der Achsel bis zu den Fingerspitzen.«

Er schweigt wieder, die Frau neben ihm rührt sich nicht, er weiß nicht einmal, ob sie ihm zugehört hat.

»Dann ist der Herzinfarkt gekommen«, sagt Lotcher, »nicht so heftig wie jetzt, aber arg genug. Wie ich dann wochenlang im Bett gelegen habe, kommt mir auf einmal wieder das Dorf in den Sinn, niemand sonst, einfach das Dorf. Eigentlich nur dieser Wald.

Dann habe ich über das Dorf Erkundigungen einholen lassen; das erste Mal, daß ich einen schweizerischen Konsul gesehen habe. Darauf lande ich in Zürich und hebe vierzehn Millionen von einem meiner Nummern-Kontos ab.«

Er denkt nach.

»Aus Gutmütigkeit wahrscheinlich. Um euch etwas auf die Beine zu bringen, was sind schon vierzehn Millionen. Aber wie mir der Bärenwirt sagt, du seist damals von mir schwanger gewesen, packt mich die alte Riesenwut wieder, und ich stelle die Bedingung, du kennst sie ja, man müsse Mani totschlagen. Eigentlich hätten sie dich totschlagen sollen, aber so groß ist die Wut wieder nicht gewesen, so hat eben Mani dran glauben müssen, aber jetzt, wo ich zurückdenke, an diesen Abend mit dem

Bärenwirt, weiß ich nicht, ob es eigentlich Wut gewesen ist. Ob nicht einfach eine ungeheure Gier über mich gekommen ist, noch einmal zu leben, wozu dieser Vorschlag gehört hat, weil, will man leben, will man auch morden, will man nicht nur Weiberschöße – wer alles in diesen zehn Tagen da oben in meinem Bett gelegen hat, um sich einen oder mehrere Tausenderscheine zu holen, ist mir gleichgültig, so wie es mir gleichgültig ist, wen sie totgeschlagen haben. Es hätte auch ein anderer sein können als Mani, ich habe die Leiche nicht angeschaut, und wenn sie niemanden totgeschlagen hätten, hätte ich ihnen das Geld auch gegeben.«

Er schweigt. Ein großer schwarzer Vogel läßt sich auf der Vordertüre neben Lotcher nieder.

»Dohlen kommen immer zu mir, schon damals sind sie immer zu mir gekommen«, sagt Lotcher, und der schwarze Vogel hüpft ins Innere des Wagens auf seine rechte Hand auf dem Steuer.

Sie sagt: »Als sie die Landwirtschaftliche Ausstellung besucht haben, hätte ich nach Flötigen gehen und dich anzeigen sollen.«

»Du hast es nicht getan«, stellt er fest. Sie schweigt.

»Ich hätte nachher Mani verachtet«, sagt sie dann, und er meint gleichgültig:

»Das nützt ihm nichts, er ist tot.« Sie schweigt wieder, und nach einer Weile sagt sie ebenso gleichgültig:

»Und jetzt verachte ich mich.«

»Was ist das schon«, sagt Lotcher, »ich habe mich immer verachtet.«

Die Dohle hüpft auf die Vordertür.

»Ich muß gehen«, sagt sie, »sonst verfehle ich noch den Zug nach Oberlottikofen.« Er antwortet nicht.

Die Dohle fliegt in den nun gleichmäßig milchigen Morgenhimmel davon. Dann beginnt es leicht zu schneien.

Sie öffnet die Wagentür, nimmt den Koffer vom Hintersitz, klettert um den Kühler. Sie stapft durch den Schnee, immer weiter die Straße hinunter ins Weiße. Sie kommt auf die Lichtung, dann in den dichteren Wald mit den größeren Tannen, die Flocken schweben mehr als sie fallen, sie sind groß und luftig wie Blütenblätter, manchmal trägt sie den Koffer mit der Linken, und als sie Flötigen erreicht, hört es auf zu schneien. Sie geht an der Kirche vorbei, gelangt zum Bahnhof, der Personenzug ist schon abgefahren.

Sie löst eine Fahrkarte, setzt sich auf die grüne Bank neben dem Stellwerk. Die Glocke gibt an. Der Stationsvorstand Bärtschi kommt aus seinem Raum.

»Frau Mani«, sagt er, »der nächste Personenzug nach Oberlottikofen kommt erst in einer Stunde zehn Minuten, Sie frieren sich hier ja zu Tode.«

Sie friere nie, antwortet sie. Sie sitzt unbeweglich, und es wird kälter. Auf einem Starkstrommast sitzt eine Dohle, fast nicht zu erkennen vor dem aufgetürmten schwarzen Koloß des Ödhorns.

Der Pfarrer kommt mit seiner Frau, die Glocke gibt wieder an, der Personenzug von Oberlottikofen biegt um Riesers Wäldchen, hält, der Kondukteur springt vom Zug, schreit »Flötigen«, der Pfarrer küßt seine Frau, sie steigt ein, der Stationsvorstand hebt die Kelle, der Personenzug setzt sich in Bewegung, der Kondukteur springt auf den Zug, der Pfarrer winkt, kehrt sich um, sieht Frau Mani, will grüßen, grüßt dann aber nicht, geht weg.

Von der Kirche schlägt es zehn. Vom Schulhaus her

Kindergeschrei, die große Pause, die Dohle fliegt wieder weg, dem Flötenbachwald zu.

Oben, im Flötenbachwald, viel später, kommt er jäh zu sich, die Fenster sind immer noch offen, Schnee liegt im Wagen, auf seinem Mantel, auf seinem blauen und seinem roten Trainingsanzug, einen Augenblick lang glaubt er, es sei entsetzlich kalt, etwas Warmes, Süßes, Schwarzes quillt aus seinem Mund, aber er fühlt keinen Schmerz, eine große Ruhe ist über ihn gekommen. Mechanisch hantiert er am Instrumentenbrett, der Motor heult auf, er hantiert an der automatischen Kupplung, ohne daß er sein Hantieren wahrnimmt, der Wagen schnellt nach hinten, dann nach vorn, dann die Straße hinab, durchbricht die Schneeböschung, fällt in die Tannen, lautlos im tiefen Schnee, liegt quer im Dickicht. Eine seltsame Helligkeit schimmert durch den dunklen Schnee um ihn.

Von der Straße hört er singen: »Der Mond ist aufgegangen, die goldnen Sternlein prangen am Himmel hell und klar.« Er begreift verwundert, daß jemand oben auf der Straße vorübergeht und daß es Nacht ist, und er erinnert sich, daß es vorher Morgen gewesen ist und irgend jemand bei ihm war, er weiß nicht mehr, wer.

»Wie ist die Welt so stille und in der Dämmrung Hülle so traulich und so hold!« singt die Frauenstimme, und dann ist ihm noch, als ob das Lied fern und ferner, dann wieder näher und dann ganz ferne in endlosen Strophen verklinge.

Es ist noch zu notieren: Claudine Zäpfel, die da singend durch den Schneewald die beschwerliche Straße nach Flötigen hinuntersteigt, braucht am nächsten Morgen nicht wieder zu Fuß ins Dorf zurück, um die wenigen

Schüler und Schülerinnen zu unterrichten. Als sie bei Tagesanbruch, gegen acht, unbeachtet durch die Hintertüre des Pfarrhauses schlüpft, einen vor Erschöpfung tief schlafenden Pfarrer zurücklassend, und dem Waldrand entlang gegen die Straße vordringt, wird ihr gerade ihr Unbeachtetsein zum Verhängnis, schiebt sich doch eine riesige Schneeschleuder, gefolgt von einem Schneepflug, einem Tankwagen und einem Entsalzer, umwimmelt von schaufelnden Straßenarbeitern in orangefarbenen Mänteln, talaufwärts. Und überrascht von den Schneemassen, die sich aus der Schleuder auf sie stürzen, wird Claudine Zäpfel begraben, so vollständig, daß sie unzweifelhaft erstickt wäre, hätte nicht Ständerat Dr. Michael Aetti, der in einem Land-Rover mit Regierungsrat Schafroth der Maschinen- und Menschenkarawane folgt und als Kind des Landes das ganze Unternehmen kommandiert und anfeuert, das Unglück bemerkt und die unglückliche Lehrerin ausgraben lassen. Noch etwas von einem Frühzug murmelnd, mit welchem sie in Flötigen angekommen sei, in Wolldecken eingewickelt zwischen dem Stände- und dem Regierungsrat sitzend, rollt sie nun wie im Traum das Tal hinauf. Das geht nur langsam, die unermeßlichen Schneemassen stellen die mächtige Schleudermaschine vor schier unlösbare Aufgaben, obgleich sie dermaßen ungestüm arbeitet und gleichsam Sturzfälle von Schnee erbricht, daß der Cadillac, der irgendwo unten am Waldrand liegt, im Vorbeifahren vollends zugedeckt wird; im Tannen- und Schneedickicht ist er ohnehin nur schwer zu erkennen gewesen. Aber so mühsam sich auch die Schlacht mit der Unmasse von Schnee und Eis gestaltet, ja, obgleich ein heftiger Schneefall einsetzt, der der Expedition einen ähnlichen Kampf beim Rückweg androht, erreicht man doch das Dorf, wo sich schon die Bewohner versammelt haben, unter ihnen der seit mehr als zehn Tagen nicht gesehene, endlich nüchtern gewordene Polizist. Alle bestaunen die Ungeheuer von Maschinen, weshalb sich denn auch Claudine Zäpfel unbemerkt ins Schulhaus schleichen kann, froh, hier keine Schulkinder vorzufinden. Ihr Fehlen wird um so weniger bemerkt, als Ständerat Dr. Aetti – während der Regierungsrat Schafroth mit fröhlichem Gesicht daneben steht – auf den beunruhigten Bärenwirt zugeht, um den sich die Bauern finster scharen, ihm die Hand schüttelt und ihm erklärt, in seiner Eigenschaft als Ständerat und beeindruckt von der Unbeirrbarkeit der Flötenbacher, ihr Tal noch ursprünglich zu erhalten, wie er es im ›Mönch‹ in Oberlottikofen persönlich habe feststellen können, sei er zur Tat geschritten: Es sei Aufgabe der Gemeinschaft, ihr hartes Los hier oben zu lindern, ihnen freund-eidgenössisch beizustehen, weshalb er denn kurzerhand noch am Sonntagmorgen den zuständigen Bundesrat aus dem Bett geholt und die Direktoren der großen Versicherungen zusammengetrommelt habe, um ihnen zu erklären, die Gegend des Flötenbachs sei das einzige Bergtal des Landes, welches noch nicht durch Sesselilift und Bauten für die Fremdenindustrie verschandelt und dessen Ökologie noch natürlich sei und wo man noch mit den Skiern auf eine Alp oder auf einen Berg steigen müsse, um hinunter zu sausen oder zu wedeln, so daß es denn auf der Hand liege, hier das längst geplante Winter-Vita-Parcours-Zentrum für die Volksgesundheit zu errichten, mit Fitneßräumen, Turnhallen, Eisbahnen, Hallenschwimmbädern, Hotelblöcken, Spital und vielleicht doch einigen kleinen Sesselilifts für jene, die für den echten Vita-Parcours noch zu schwächlich seien.

Dazu käme notwendigerweise noch der Ausbau der Flötenbachstraße mit Anschluß an die Autobahn, kurz, ein Projekt, das allgemein eingeleuchtet, ja sogar Begeisterung gefunden habe, um so mehr, als die nötigen Gelder, zehn Millionen vom Bund, fünf Millionen vom Kanton und fünfundzwanzig Millionen von den Versicherungen schon längst von den verschiedenen Instanzen und Parlamenten bewilligt worden seien, bevor man sich auf den Ort geeinigt habe, so daß er nur noch auszurufen habe, auch ihnen in dieser einsamen Bergwelt leuchte jetzt eine bessere Zukunft; womit der Ständerat seine Rede beendet, die alle Flötenbacher, die eine ganz andere Ansprache erwartet und sich schon in Oberlottikofen vor dem Geschworenengericht gesehen haben, in wachsende Erregung versetzt, bis Rede und Erregung in eine tiefe Stille münden, die durch den Schrei einer Dohle, die über den Verstummten kreist, noch spürbarer wird, während das Gesicht des Gemeindepräsidenten und Bärenwirts Schlaginhaufen sich verklärt, der darauf mit Tränen in den Augen, deren er sich nicht schämt, mit schlichten Worten, den Ständerat spontan duzend, herzlich dankt: »Aetti, wir danken dir, Gott hat uns gesegnet.«

Der Rebell

Nach meinem Aufenthalt im Bergdorf, im ersten Semester auf der Universität Bern, vor der Rekrutenschule, verdiente ich mein Taschengeld mit Nachhilfestunden. Ich unterrichtete Griechisch und Latein. Daneben las ich mit Leidenschaft, oft die Nächte durch, vor allem Klassiker; seltsamerweise liebte ich Wieland, ich glaube, daß ich das meiste von ihm kenne, dann Lessing, besonders noch Kleist, immer wieder Büchner, Grabbe und Hebbel; auch las ich viele Gedichte, Hölderlin und Mörike waren mir wichtig. Noch hatte ich keine Ahnung von den Expressionisten, der erste, den ich las, war Hasenclever. Für eine Seminararbeit.

Der Professsor für deutsche Literatur an der Universität war damals Fritz Strich, ein bedeutender Gelehrter, mit dem ich bald in Konflikt geriet. Sein Vorbild war Wölfflin, dessen kunstgeschichtliche Begriffe er übernommen hatte. Sein Hauptwerk war ›Klassik und Romantik‹, in diesen beiden Kunstrichtungen sah er zwei Prinzipien: das der Vollendung und jenes der Unendlichkeit, das Geschlossene und das Offene. Mich störte, daß ihm der literarische Wert gleichgültig schien, daß es ihm nur darum ging, die Strukturen zu untersuchen, so daß es zwischen uns zum Streit kam, als er von mir verlangte, ich solle die ›Antigone‹ des Sophokles, in der Übersetzung von Opitz, mit Hasenclevers ›Antigone‹ vergleichen; ein Vergleich schien mir absurd, das Drama Hasenclevers kam mir abgeschmackt vor, ein Machwerk. Erst später begriff ich, daß ich im Unrecht war, der qualitative Wert eines Werks ist nicht eine objektive, wissenschaftlich feststellbare Tatsache, die Literaturwissenschaft taugt vielleicht wirklich zu nichts anderem als zu strukturellen Untersuchungen. Dieser Streit verleidete mir das Literaturstudium endgültig.

Noch trostloser kam mir die Kunstgeschichte vor, am trostlosesten aber das Alt- und Mittelhochdeutsche unter Wilhelm de Boor, einem Deutschen, der am Ende des Krieges ausgewiesen wurde. Ich sehe ihn noch, wie er kurz vor seiner Ausweisung um zwei Uhr nachts über die Nydeggbrücke Richtung Bärengraben marschierte, der Regenmantel flatterte, das breite, glotzäugige Gesicht ratlos, die Arme ruderten, zerteilten die Luft.

Nach dem Intermezzo der Rekrutenschule hielt ich mich im Winter 1942/43 und im darauffolgenden Sommer in Zürich auf, mit der Ausrede, dort studieren zu müssen. Mein Vater, der in seiner Jugend in Berlin und Marburg studiert hatte, bevor er in Bern sein Studium abschloß, hatte sich von meiner Ausrede überzeugen lassen und ließ mich ziehen. Ich war erst einmal in Zürich gewesen, 1937, anläßlich meiner Velotour nach Deutschland.

Ich fuhr nun mit dem Zug hin, neben mir saß ein katholischer Geistlicher, der aus Frankreich kam, in irgendeiner diplomatisch-kirchlichen Mission, am Handgelenk eine Aktentasche angekettet. Es war das erstemal, daß ich einen katholischen Geistlichen kennenlernte. Er sprach fließend Deutsch mit französischem Akzent. Er hatte in Zürich nur wenig Zeit, mußte nach Liechtenstein weiter. Ich sollte ihm die Sehenswürdigkeiten Zürichs zeigen, von denen ich selbst keine Ahnung hatte, doch wagte ich ihm das nicht zu gestehen, meine Unkenntnis kam mir lächerlich vor.

In Zürich angekommen, gingen wir in die Stadt hinein. Ich lief ihm mit meinem Koffer nach, und er dachte, ich führe ihn. Wir gingen durch die Bahnhofstraße, am

Paradeplatz bewunderte er den Seiden-Grieder als gotisches Gebäude, ich erklärte ihm, das sei das Rathaus. Nachdem ich den Priester wieder am Bahnhof abgeliefert hatte, fragte ich mich nach der Universität durch, immer noch den Koffer schleppend, erkundigte mich nach einem Zimmer. Es war damals noch leicht, ein Zimmer zu finden. Ich mietete eine Mansarde an der Haldenbachstraße, essen konnte ich im Studentenheim. Später zog ich in die Universitätstraße um, noch später, im Sommersemester, in die Freiestraße.

Ich war selten an der Universität. Einige Male beim alten Ermatinger in der Vorlesung und in seinem Seminar. Er war langweilig, trocken und müde, er las sein letztes Semester; was er dozierte, weiß ich nicht mehr, möglicherweise etwas über Grillparzer oder über Hebbel; nur daß Ermatinger eine Pelzmütze trug, wenn er den Hörsaal betrat, ist mir haftengeblieben. Hin und wieder hörte ich Emil Staiger, damals noch Privatdozent, der im Auditorium maximum mit pfarrherrlichem Pathos aus Hölderlins Gedichten auslegte, was er hineingelegt hatte. Der Zulauf war imponierend. Meistens Damen. Auch kommt es mir vor, ich hätte eine Vorlesung des Philosophen Grisebach besucht, der in meiner Erinnerung einen wirren Monolog mit sich selber führte. Doch war ich nur in den ersten Wochen ein Student, nachher sah ich die Universität kaum mehr.

Ich hielt mich in meiner Mansarde auf, versuchte an meiner Komödie zu schreiben: immer neue Anfänge, immer neues Scheitern. Ich besaß ein Studentenabonnement, samstags und sonntags hielt ich mich fast nur im Zug auf, indem ich am Samstagvormittag von Zürich nach Bern fuhr, dort zu Mittag aß, nach Zürich fuhr, um mich zum Abendessen wieder in Bern einzufinden, worauf ich nachts wieder nach Zürich zurückkehrte; dasselbe am Sonntag. Meinen Eltern fiel es nur nicht auf, weil sie sich an mein Nachtleben gewöhnt hatten. Daß ich diese Eisenbahnstrapaze überhaupt unternahm, lag an meiner ewigen finanziellen Misere; ich war froh, richtig essen zu können. Mein Taschengeld reichte nur für eine Woche im Studentenheim aus. Dann ernährte ich mich meistens von Kohlsalat, den ich mit einer Sauce zubereitete, die wie der Kohl für wenig Geld ohne Lebensmittelmarken zu erstehen war. Die Hälfte der Marken verkaufte ich. So vergingen zwei Monate, die mir in der Erinnerung wie Jahre vorkommen: der dunkle bizarre Hintergrund, vor dem der Maler Walter Jonas aufleuchtet; traumhaft, geheimnisvoller als deutlich.

Wie ich ihn kennenlernte, weiß ich nicht mehr. Sein Atelier befand sich irgendwo in einem alten einstöckigen, scheunenartigen Haus beim Schaffhauserplatz. Eine steile Treppe führte zum Atelier hinauf, alte Stühle, Sessel und Hocker, in einer Nische eine Couch, dahinter Bücher. Jonas hatte es in dieser Zeit schwer. Der damalige Trend in der Malerei hatte einen anderen Weg eingeschlagen: ein gewisser vaterländischer Stil hatte sich ausgebreitet; die ›entartete Kunst‹ fand man auch in der Schweiz etwas oder ganz und gar entartet. Daneben herrschte eine uneingeschränkte Bewunderung für die französische Malerei bis und mit Cézanne; Picasso war umstritten, Klee nur Kennern bekannt. In der Kunstgewerbeschule der Stadt Zürich begann Gubler zu herrschen; Erni wurde populär, ein schweizerisch gemilderter Picasso; und beim aufgeklärten Bürgerstand, bei den Ärzten etwa, hatte sich der Genfer Maurice Barraud, ein genferisch gemilderter Matisse, eingenistet. Der Expressionist Jonas war ins

Abseits geraten. Von seinen damaligen Bildern erinnere ich mich an einen ›Sturz des Ikarus‹, der sich bei mir seltsam mit jenem Breughels vermischt, und an Bilder von Ragusa an der jugoslawischen Adria-Küste, einer Stadt, von der ich nicht weiß, wie sie heute heißt.

Jonas lebte davon, daß er einen kleinen Kreis von Malern und Nichtmalern unterrichtete. Ich nahm an diesen Unterrichtsstunden als Zuschauer teil. Nur einmal machte ich mit, als er ein Modell auftrieb. Doch bemühte ich mich nicht, die nackte Frau zeichnerisch zu bewältigen, ich ließ sie auf meinen Blättern in einer Horde betrunkener Männer tanzen. Jonas lachte. Auch liebte er es, Aufgaben zu stellen, die verblüfften: etwa eine sonnenbeschienene Landschaft unter einem schwarzem Himmel; ein alter Mann löste die Aufgabe am besten. Ich selbst stellte mich diesem Problem fünfzehn Jahre später, im *Entwürdigten Minotaurus*, wie mir erst jetzt bewußt wird. Die Federzeichnungen, die damals entstanden, führte ich in meiner Mansarde aus. Ich zeigte sie Jonas nie. Er arbeitete meistens in der Nacht, oft bis in den Morgen hinein; und ich saß mit anderen manche Nächte bei ihm und diskutierte mit ihm, denn er liebte es, beim Malen zu unterhalten und unterhalten zu werden. Er sprach, während er malte oder radierte, oft über Politik oder schlug sich mit philosophischen Fragen herum. Jonas liebte die indischen und chinesischen Denker; die westlichen Philosophen lehnte er ab, sie seien der Subjekt-Objektspaltung unterworfen; er selbst hatte etwas Sokratisches.

Seine Freunde setzten sich aus Journalisten, Musikern, Literaten (die heute bekannte Namen führen) und aus Studenten und Spinnern zusammen (unter denen ich der Versponnenste war), und immer wieder waren Maler bei ihm. Oft ging es übermütig zu, oft festlich. So etwa, als ein Journalist, dessen Gesicht wie eine mächtige fleischige Faust war, eine Flasche Whisky mitbrachte, die ihm die englische Botschaft zugespielt hatte und die angeblich aus Churchills Keller stammte. Wir tranken sie mit Andacht, es war mein erster Whisky. Auch den Nescafé, den Jonas bisweilen geschenkt bekam, tranken wir spät in der Nacht andächtig, er stellte eine Kostbarkeit dar. Und einmal in der Woche, wenn in der ›Krone‹ nebenan Freinacht war, zogen wir um 2 Uhr morgens zum Kronen-Wirt, der jedem illegal zwei Wienerli und ein Glas Weißwein spendete. Ich pflegte gegen fünf bei Jonas einzutreffen und lang nach Mitternacht zu gehen. Er war einer jener Maler, die ständig arbeiten. Zur Zeit meiner Bekanntschaft radierte er hauptsächlich; mit einem seiner Bekannten zusammen entstand das ›Buch einer Nacht‹, ich entwarf den Text, er radierte ihn. Später entwarf ich ein Gilgamesch-Drama, drei Szenen, die er illustrierte, im Aquatinta-Verfahren.

Doch noch wichtiger war, daß ich durch Jonas den deutschen Expressionismus kennenlernte; hier hörte ich zum erstenmal die Namen Heyms und Kafkas. Zwar waren die Werke nicht aufzutreiben, aber Jonas erzählte uns die Literatur, so den ›Irren‹ von Heym und von Kafka ›Vor dem Gesetz‹ und die ›Strafkolonie‹. Erst nachträglich wird mir klar, was ich diesem Maler alles verdanke, er spielte nie den Älteren, entdeckte in jedem, der ihn besuchte, seine Eigenart.

Im Schauspielhaus sah ich Kleists ›Penthesilea‹ und Brechts ›Der gute Mensch von Sezuan‹, letzteren auf Walter Jonas' Rat hin. Kleist beeindruckte mich mehr. Sonst ging ich nie ins Theater.

Ebenso in diese Zeit fällt meine Freundschaft mit dem

Schriftsteller C, einem Kassner-Leser: Ein kleiner Mann mit fehlenden Oberzähnen, mit großen Augen hinter dicken Brillengläsern; ihn sah ich zuletzt in Bern, gespenstisch, nachts, wie den Professor für Mittelhochdeutsch, er eilte die Gerechtigkeitsgasse hinauf, mitten auf der breiten, sanft geschwungenen, gepflasterten Straße, er trug sein Kind auf den Armen, ein Mädchen von etwa zwei Jahren. Er konnte mich nicht sehen, ich war in der Laube.

In Zürich lebte ich fast nur nachts, ich schrieb an meiner Komödie weiter. Die Szenen, die ich C zu lesen gab, fand er unbegabt, er lachte mich aus; überhaupt glaubte er, daß meine totale Rebellion einmal zu einer Katastrophe führen müsse, die er mir in dunklen Worten prophezeite. Er vegetierte mit seiner Frau und seinem Kind in bitterer Armut in einem Mietshaus an der Freiestraße, gegenüber dem Haus, wo ich wohnte. Seine Kritik bewirkte, daß ich die Arbeit an der Komödie vorübergehend einstellte.

Ich begann Erzählungen zu schreiben, die erste, *Weihnacht*, am Heiligen Abend 1942. Ich war am Morgen bei trübem, naßkaltem Wetter zufällig auf den Gedenkstein Büchners gestoßen und schrieb danach die wenigen Sätze der Erzählung in einem Café im Niederdorf ohne zu stocken in ein Notizbuch. Dann fuhr ich nach Bern zum Weihnachtsfest.

In der Folge schrieb ich weitere Erzählungen, doch machte mir das Schreiben meistens Mühe, mein Deutsch hatte ich aus der Literatur übernommen, es war eine Fremdsprache, untereinander sprachen wir nur Dialekt. Das Literatureinheitsdeutsch, das heute jeder junge Schriftsteller, aber auch jeder Kritiker beherrscht, war damals noch nicht erfunden. Ich wagte zuerst nur kurze Sätze zu schreiben, dann wieder schrieb ich eine Erzählung, die nur aus einem einzigen Riesensatz bestand. Ich war unerschöpflich im Erfinden von Geschichten. An meiner Zimmertür hatte ich meinen Namen angeschrieben mit der Berufsbezeichnung ›Nihilistischer Dichter‹.

Der Winter 1942/43 war kalt. Wenn ich bis gegen drei Uhr morgens geschrieben oder gezeichnet hatte, zog ich meine zwei Wintermäntel an, den einen über den anderen, und wanderte durch die verdunkelte Stadt; immer den gleichen Weg: die Universitätstraße, die Rämistraße hinunter, beim Bellevue über die Brücke, die Bahnhofstraße hinab zum Bahnhof, in der Hand den Studentenstock meines Vaters mit dem silbernen Knauf, der mir jedesmal irgendeinmal zwischen die Beine geriet und über die Straße schlitterte, und ich wurde auch jedesmal irgendeinmal aufgehalten und kontrolliert. Dann trank ich im Bahnhofbuffet Milchkaffee. Auch hier waren immer die gleichen Menschen; einmal ein alter Mann, der in der Lotterie fünfzigtausend Franken gewonnen hatte; er breitete die Tausenderscheine vor mir aus – die einzige Zäsur, sonst wiederholte sich alles wieder und wieder. Die Zeit schien sich bis zum Tagesanbruch, wenn ich ins Bett kroch, abzuspulen und während meines Schlafes zurückzuspulen. Erschien ich dann in meinen zwei Mänteln zum Abendessen im Studentenheim, pfiffen die Studenten. Ich begriff lange nicht, daß die Pfiffe mir galten. Erst als ich meinen einst besten Freund aus dem Dorf wiedertraf, der auf der ETH studierte und mich jetzt geniert anglotzte, begriff ich.

Auch lernte ich zum erstenmal ein Mädchen kennen, eine Malerin. Sie konnte nur Französisch. Mein Französisch war höchst mangelhaft, ich sprach es noch schlechter, als ich es jetzt spreche, trotzdem führten wir phantastische Gespräche über Malerei und Schriftstellerei, über Cézanne und Heym, von dem ich einige Gedichte aufgetrieben hatte; vielleicht waren alle diese Gespräche ein einziges Mißverständnis. Die erste Liebesnacht. Wir lebten beide unbekümmert, die Umwelt war uns gleichgültig. Die Verbindungen nach Hause waren zwar nicht abgebrochen, doch ließ ich meine Eltern im Glauben, ich studiere, ohne sie über meine wirklichen Verhältnisse aufzuklären. Ich nahm von vornherein an, sie würden mich nicht verstehen. Zu Unrecht. Aber ein Rebell braucht diese Voraussetzung zur Rebellion.

Was jedoch meinen alten Plan betrifft, jenen, einen längeren Roman zu schreiben, *Der Rebell*, so hatte ich ihn wie meine Komödie aus dem Bergdorf in die Städte hinübergerettet. Den Schluß entwarf ich freilich erst in Zürich, als Jonas nach seiner Methode, nicht Lösungen anzubieten, sondern Probleme zu stellen, die Frage aufwarf, wie ein Theaterstück mit nur einer Person gestaltet sein müsse. Cocteau, glaube ich, hatte ein solches verfaßt: eine Frau, die telefoniert. Ich sah einen Mann in einem Spiegelsaal als Gefängnis.

Doch daß es nicht zur Niederschrift des Romans kam – ich schrieb nur wenige Seiten –, lag nicht an mangelndem Fleiß, sondern daran, daß mir die sprachlichen Mittel fehlten. Von den Klassikern waren sie nicht zu lernen, mit Thomas Mann konnte ich nichts anfangen, seine bürgerliche Welt stieß mich ab; ebenso Hermann Hesse – er kam mir kleinbürgerlich vor angesichts des allgemeinen Zusammenbrechens jenseits der Grenzen, seine Rebellion gegen die bürgerliche Welt war mir zu harmlos. Es galt gegen die Welt an sich zu protestieren, Gott an sich zu attackieren. Meine Phantasie war zu radikal, ich fand in der Sprache nichts, das ihr entsprochen hätte, um eine längere Erzählung zu formen. Ich stand im Leeren, ein Schriftsteller ohne Fähigkeit zu schreiben, so wie ich mich als Maler gefühlt hatte, ohne Fähigkeit zum Malen. Vom *Rebell* ist mir deshalb nichts als die Erinnerung geblieben, die freilich oft so intensiv ist, als hätte ich diese Erzählung wirklich geschrieben, vielleicht deshalb, weil sie persönlicher ist als der *Winterkrieg*. Versuchte ich in diesem ein Weltgleichnis, ging es mir in jenem darum, ohne daß ich es ahnte, meine eigene konfuse Lage darzustellen.

Gedächtnis und Wirklichkeit: *Der Rebell* ist mir wohl deshalb noch besonders im Gedächtnis geblieben, weil er hartnäckig in meinen Fieberphantasien herumgeisterte. Ich erkrankte im Frühling 1943. Zuerst fühlte ich mich eine Woche oder zwei erbärmlich; im Studentenheim oder in den Lokalen des Frauenvereins, wo man ebenfalls ein billiges Menü auftrieb, konnte ich nichts essen, ohne mich nachträglich zu übergeben. Es war früh im Jahr, warm, ja heiß, das Licht grell, blendend. Ich fror, lief im Wintermantel herum, blieb endlich in meinem Zimmer. Eines Nachts Angstträume, über vierzig Grad Fieber, es war, als ob ich Atome sähe oder Riesenmoleküle, eine Welt voller Kugeln, über- und durcheinanderrollend, immer enger aneinander- und ineinandergeschoben, ein Weltall wie ein riesenhaftes Kugellager. Die Hausbesitzerin, eine ältere, freundliche, mütterliche Dame, ließ ihren Hausarzt, einen umständlichen alten Herrn, holen; er stellte Dickdarmentzündung fest. Das hohe Fieber hielt an. Ich war allein. Gegenüber dem Haus war ein Lebensmittelladen, ich holte mir täglich eine Flasche billigen Rotwein, ein Franken fünfundsiebzig, angeblich Burgunder, etwas anderes vertrug ich nicht, mein Unterleib war aufgetrieben, Schmerzen, dazu ein ständiger Brechreiz, dann wieder unvermittelt Schlaf, oft stellte ich nur an der Uhr fest, daß ich geschlafen hatte, oder daran, daß es plötzlich Nacht war oder zu lange Tag blieb.

Neben meinem Zimmer befand sich das Zimmer einer freizügigen, etwa vierzigjährigen Frau von einer freundlichen Gutmütigkeit, die jede Nacht andere Besucher empfing. Es war alles zu hören, wie in einem Schwank, der immer wieder unterbrochen wurde; besonders grotesk, weil die Besucher an meinem Fenster vorbeigehen mußten, das auf die Treppe hinausging, die zur Haustür führte. Nachts, sie kamen meist spät, waren sie nicht zu sehen, sie genossen den Schutz der kriegsbedingten Verdunkelung. Doch begaben sie sich des Morgens von dannen, konnte ich sie von meinem Bett aus beobachten. Ich pflegte sie mir nach ihren Stimmen vorzustellen, wenn sie sich, nur durch eine schmale Wand von mir getrennt, auf der Dame austobten. Oft irrte ich mich beträchtlich. Es war wie in einem Gesellschaftsspiel. So glaubte ich einmal, einen Gymnasiasten als Nachbarn zu haben, er war sehr fleißig und emphatisch gewesen, das Bett hatte geknarrt wie noch nie. Am Morgen stellte sich heraus, daß der Gymnasiast über achtzig war, der da draußen vor meinem Fenster, auf seinen Stock gestützt, mit lauter, froher Stimme von seiner Wohltäterin Abschied nehmend, nicht unbiblisch verkündete, er sei überaus glücklich, noch einmal vom Baume der Erkenntnis gepflückt zu haben. Ich selber war ihr erst aufgefallen, als ich erkrankte, vorher war mein Leben zu unstet gewesen, und auch ich hatte nicht besonders auf sie geachtet, höchstens, daß ich mich hin und wieder gewundert hatte, wenn ich frühmorgens vom Bahnhofbuffet heimkehrte, daß dieser oder jener Herr sich von der Haustüre entfernte. Nun öffnete sie manchmal gegen sechs Uhr abends im bloßen offenen Hemd meine Tür, starrte mich entgeistert an und rief ehrlich erschrocken: »Sie, Sie sind todkrank! Jeden Tag sehen Sie miserabler aus!«

All diese Eindrücke, das ständige Gefühl, mich übergeben oder mich entleeren zu müssen und es doch nicht zu können, der kühle Wein auf der Zunge, den ich langsam trank, in kleinen Schlucken, über Stunden verteilt, dazu die Gespräche und Dialoge des Romans, den ich ausdachte, all die komplizierten Beziehungen zwischen der Hauptperson A und den verschiedenen Personen, die ich inzwischen entweder vergessen habe oder auf die ich nicht eingegangen bin, um den Stoff im Überblick darstellen zu können – Details hätten bloß verwirrt, so etwa der Umstand, daß auch Frauen im *Rebell* eine Rolle spielten, es wimmelte geradezu von Frauengestalten, indem die verschiedenen Politiker, die in der Erzählung vorkommen, sei es mit einer Tochter, ja mit ihren eigenen Frauen versuchten, A mit sich zu verbinden, um später, nach der gelungenen Rebellion, Einfluß und Macht zu erlangen – all das ist in meiner Erinnerung zu einer sonderbaren Einheit verschmolzen.

Hinzu kommt noch die Lektüre von Rudolf Kassners ›Zahl und Gesicht‹, ein ebenso verwirrendes wie scharfsinniges Buch, worin eine groteske vierdimensionale Welt entworfen wird, eine Welt der reinen Begriffe, der ›Dinge an sich‹, der ›Zahlenwesen‹, eine Welt mit einer ›nichteuklidischen Logik‹, in welcher der Identitätssatz A = Nicht-A lautet, in der das Absolute gleich dem Unendlichen, das Sein gleich dem Nichtsein ist, eine Konzeption zu einer Ästhetik des Grotesken. Auch geht es darum, ob etwas nur sei, was es sei, und nichts anderes, oder ob alles, was ist, auch etwas bedeute.

Inwiefern auch dieses Buch, worin der Spiegel als begriffliche Funktion ein merkwürdiges, immer wiederkehrendes Motiv ist, in den *Rebell* hineinwuchert, wage ich nachträglich nicht zu entscheiden; auch möchte ich die Frage, ob das geheimnisvolle Land mit der seltsamen Sprache und dem sechsfaltigen Gott etwas mit Kassners vierdimensionaler Fiktionswelt zu tun habe, dahingestellt sein lassen. Wahrscheinlich besteht zwischen ›Zahl und

Gesicht‹ und dem *Rebell* mehr ein methodischer Zusammenhang, etwa darin, daß Kassner einmal erklärt – wo, weiß ich nicht mehr, vielleicht täusche ich mich auch –, daß ihn nicht so sehr die Ursache der Dinge kümmere, sondern deren Sinn.

Die Ursache nun scheint mir auch im *Rebell* im Unbestimmten gelassen. So ist es ungewiß, wer eigentlich der Herrscher sei, ob er fiktiv oder der Vater A's ist. Andererseits ist nicht zu leugnen, daß ich den *Rebell* als eine nicht geschriebene Erzählung nun doch geschrieben habe, was nach Kassner der Quadratur des Kreises gleichkäme. Ich meine aber, daß es mir bloß schien, als ob ich eine fingierte Schachpartie, von der ich nur die geplante Eröffnung und das geplante Endspiel im Gedächtnis behielt, noch einmal nachspielte, denn in Wirklichkeit erfand ich ebensoviel als ich wiederfand, ohne unterscheiden zu können, was ich erfunden und was ich wiedergefunden habe. So weiß ich zum Beispiel nicht, ob mir die Vermutung, der geheimnisvolle Herrscher, der uralte Theologe und der Vater A's könnten identisch sein, schon damals in meinen Fieberphantasien aufgegangen war oder erst jetzt, während der Niederschrift. Ich weiß nur, daß sie innerhalb der Möglichkeiten dieser Schachpartie liegt. Auch kann ich nicht beschwören, daß ich während meiner Krankheit Kassners ›Zahl und Gesicht‹ wirklich gelesen habe. Zwar kommt es mir so vor – es kann jedoch auch später gewesen sein –, vielleicht verbindet allein die Tatsache, daß C, dieser sonderbare Schriftsteller und Kassner-Leser, im obersten Stock des Mietshauses nebenan wohnte, ›Zahl und Gesicht‹ mit meiner Krankheit.

Alles bleibt unbestimmt. Gedächtnislücken. Indizien dafür, daß wir unsere Erlebnisse aus der Wirklichkeit herausbrechen wie Blöcke aus einem Steinbruch, um das herausgebrochene Material nachträglich wieder zusammenzusetzen. Willkürlicher, als wir glauben. Diese Tatsache vermag nicht einmal ein Tagebuch wesentlich zu ändern. Was mein Gedächtnis betrifft, so fehlt ihm offenbar der Sinn für die Kontinuität des wirklichen Ablaufs der Fakten, Momente herrschen vor, Blitzlichtaufnahmen, die ich zeitlich allzuleicht vertausche, während meine Gedankenwelt mir durchaus kontinuierlich erscheint.

Erscheint. Denn auch diese Kontinuität ist eine nachträgliche Täuschung, weil sie die unberechenbaren Zufälle unterdrückt, die die Kontinuität erst möglich machten: ich mußte in einem Café, in das ich zufällig geriet, zufällig einen verkrachten Literaten kennenlernen und, sei es im Studentenheim oder in einem Lokal des Frauenvereins, vielleicht beim Salatessen, von Viren infiziert werden, die, wie einige Wissenschaftler behaupteten, durch den Urin von Ratten eingeschleppt wurden, um durch diese zwei Fakten, die in keiner Verbindung zueinander standen, mit Kassners ›Zahl und Gesicht‹ in Berührung zu kommen, was durch Fieberphantasien ein phantastisches Gedankengebäude erzeugte. Eine Verschmelzung verschiedener Zufälle, die zehn Tage nach dem Rückgang des Fiebers einen unbewältigten Stoff zurückließ, den ich vorerst in mir abkapselte. Notgedrungen: Ich war plötzlich fieberfrei, fühlte mich elend, unendlich müde, ohne Spannung, der *Rebell*, ›Zahl und Gesicht‹, die intensive Gedankenwelt, die mich beschäftigt hatte, waren mir wesenlos geworden, kaum mehr begreiflich.

In der Nähe, einige Häuser weiter, war ein Coiffeur, ich suchte ihn auf. Während er mich einseifte, hielt er inne.

»Sie haben die Gelbsucht«, sagte er.

»Wieso?« fragte ich.

»Schauen Sie selber«, antwortete er und hielt mir einen Handspiegel vor das Gesicht.

Die untere Hälfte meines Gesichts war mit weißem Schaum bedeckt, meine Augen waren von einem hellen Zitronengelb, um so auffallender, als sie wie über Seifenwolken schwebten. Ich benachrichtigte den Arzt. Es blieb mir nichts anderes übrig, als nach Bern zurückzufahren.

Ich packte meine Koffer. Im Zug saß ich hinten im letzten Wagen auf einer einzelnen Bank, vor mir die Scheiben der hintersten Tür, die sonst als Durchgangstür zum nächsten Wagen dient. Ich sah Zürich entschwinden, gleichsam in einer perspektivischen, durch Schienen gebildeten Landschaft – und mit diesem Intermezzo schloß im wesentlichen meine chaotische Zürcher Zeit ab, mit einem grotesken Nachspiel freilich: etwa sieben Jahre später lernte ich Rudolf Kassner selber kennen.

Wir wurden etwa im Jahre 1950 von einem Freund des Philosophen eingeladen, ihn in Sierre im Wallis zu besuchen; ein Landstrich, den ich von früher her kannte und den wiederzusehen ich neugierig war. Meine Frau und ich fuhren zuerst von Ligerz, wo wir damals wohnten, mit dem Zug nach Lausanne. Wir übernachteten bei meiner Kusine, deren Mann eine große Irrenanstalt leitete.

Es war das erste Mal, daß ich eine Irrenanstalt besichtigte. Ich wurde als Arzt getarnt. Der Psychiater führte mich durch die verschiedenen Abteilungen. Der Eindruck war unheimlich. Ich bewegte mich wie auf einem schwankenden Boden. Schon der Geruch war merkwürdig. Überall lag etwas Drohendes. In einem Saal für Unruhige schritt plötzlich ein Kranker auf mich zu; mich fixierend, aufrecht, unaufhaltsam durchmaß er, wie ein Fatum, die Diagonale des Raums, um zu mir zu gelangen; fast hatte er mich erreicht, als ihn zwei Wärter aufhielten, ihn bei den Armen faßten, beunruhigt, mißtrauisch.

Was er denn wolle, fragte ihn der Professor freundlich, nicht beunruhigt, aber doch wissenschaftlich interessiert. Der Kranke fixierte mich weiter, Schweigen allerseits, Spannung nun auch beim Psychiater, nur der Kranke blieb gelöst, heiter, trotz seines starren Blicks.

Er wolle dem fremden Arzt nur die Hand drücken, sagte er endlich, natürlich, selbstverständlich – wir waren die Düpierten. Ich hielt ihm die Hand hin, er schüttelte sie, herzhaft, kollegial, kehrte sich um und schritt den gleichen Weg zurück, auf derselben Diagonale.

Am meisten beeindruckte mich ein etwa zwanzigjähriger Schizophrener, er lag halb nackt in einer Art Hängematte, mehr in einem Netz, das Glied erregt, steil emporgerichtet, an den Händen Boxhandschuhe, er schlug um sich, zuckend, als wolle er schattenboxen, die Augen blickten starr, die Augenlider waren rot entzündet.

Wir übernachteten in einem Zimmer, dessen Fenster über dem Hof der Irrenanstalt lag. In der Mitte des Hofs war ein Gebäude, wahrscheinlich Küche und Heizung zugleich. Um halb vier am Morgen weckte uns ein gewaltiges, zischendes und pfeifendes Getöse, wir stürzten aus den Betten ans Fenster, aus dem Gebäude stieg eine Dampfsäule pfeilschnell in den Himmel. Die Fenster zum Hof hin, alle vergittert, waren dicht besetzt, die Kranken standen Kopf an Kopf und starrten wie wir die unaufhörlich in den Morgenhimmel hinaufstoßende Dampfsäule an. Ich regte mich maßlos auf über die mittelalterliche

Weise, mit der man die Kranken hier noch zu wecken pflegte. Meine Frau teilte meine Empörung, wir waren überzeugt, in eine von anderen Gesetzen bestimmte Welt geraten zu sein. Beim Frühstück erfuhren wir, das Ventil des Heizkessels sei weggesprengt worden, zum Glück sei niemand verletzt.

Auch das, der Eindruck, den mir diese Irrenanstalt damals machte, dieses doch so scheinbar Nebensächliche, Anekdotische, gerade gut genug, um an einem Stammtisch erzählt zu werden, ist mehr als es ist, bedeutet mehr, wie in der Ästhetik des Grotesken der Identitätssatz nicht mehr gilt. Es sollte darum nicht nur unlösbar mit meinem Besuch in Sierre verbunden bleiben, mehr, es wucherte in mir weiter, verdichtete sich Jahre später zur Atmosphäre einer Komödie, zu den *Physikern*; so sehr hängt in meinem Leben alles voneinander ab, ist alles miteinander verfilzt, erscheint die Literatur vom Leben und das Leben von der Literatur her gesehen ein einziger Schachtelsatz.

Dann holte uns Kassners Freund, ein älterer Herr, im Wagen ab. Ein greller Sommertag, ich war ungeduldig, das Wallis wiederzusehen, wir fuhren durch Sion, am Café vorbei, wo ich oft, Jahre vorher, Fendant getrunken hatte, die zwei Burgen, später die Rhône, die Weinberge, endlich Sierre, wo uns Kassner in einem Hotel empfing, unvermutet standen wir vor ihm, noch betäubt vom Land, vom Licht, aus dem Dunkel einer Hotelhalle wurden wir geradewegs zu ihm geführt.

Er erwartete uns in einer grellen Veranda, ein kleiner Mann, gelähmt, an zwei Krücken, scharfe Gesichtszüge, scharfer Blick, wie oft bei Gelähmten. Ich wurde durch den Wechsel von der unbarmherzigen Sonnenglut des Rhônetals in die Kühle des Hotels, die wieder mit der

Treibhaushitze der Veranda vertauscht wurde, schlagartig müde. Ein großer Tisch war gedeckt, Kassner bat uns Platz zu nehmen. Er war lebhaft, charmant, ein Causeur, wie ich ihn seitdem nie wieder erlebt habe. Er sprach so, wie er schrieb; auch was er schrieb, war Causerie, begriff ich plötzlich erstaunt, ernüchtert, entzaubert, verzweifelt gegen meine Müdigkeit ankämpfend. Dick – besonders damals –, an eine ewige Diät gebunden, konnte ich vom kalten Buffet, das serviert wurde, nur etwas Fleisch essen. Kassner forderte mich auf, Käse zu essen, ich müsse Käse lieben, er sehe es mir an, ich widersprach, Kassner wurde unwillig, aber ich liebte Käse damals wirklich nicht, wohl noch eine Folge meiner Gelbsucht, in die Kassner, ohne es zu wissen, ja verstrickt war und der ich meine Fettmassen verdankte, die mich zum Schwitzen brachten. Die Hitze in der Veranda war groß, der Schweiß lief mir über das Gesicht, was Kassner inspirierte, nun seinerseits über das Schwitzen zu reden, aber nicht von meinem Schwitzen, sondern von Hamanns Schwitzen, vom Schwitzen eines Denkers, von dem ich damals eine sehr undeutliche Vorstellung hatte und noch jetzt habe: wie von einem fernen Berg, den man eigentlich einmal besteigen sollte, weil viele die Aussicht von diesem Berg aus so ungemein rühmen. Sogar Hamanns Sämtliche Werke habe ich danach gekauft, wahrscheinlich bloß aus einer unbewußten Wirkung des Kassnerschen Gesprächs heraus – so sehr ist alles verquickt –, während in Wirklichkeit damals natürlich nicht diese Werke Kassner interessierten, nicht der Gipfel dieses fernen Berges, sondern Hamanns Schwitzen, denn auch der habe immer geschwitzt, besonders wenn er Sauerbraten gegessen habe – was ich auch lieber gegessen hätte als die Kalte Platte, die uns serviert wurde –, jedenfalls habe Hamann leidenschaftlich gern Sauerbraten gegessen und dabei geschwitzt, doch gerade dieses Hamannsche Schwitzen habe wiederum Kant ungemein gestört, Kant, der sich aus Sauerbraten nichts gemacht habe, der vielmehr ein Liebhaber des Kaffees gewesen sei. Und wenn am Schluß des Diners, nach dem Sauerbraten, der Diener den Kaffee hereintrug, habe Kant die Hände zusammengeschlagen – und nun schlug auch Kassner die Hände zusammen – und ausgerufen: »Land, ich sehe Land!«

Dann kam Kassner von einem ins andere, ein Stichwort ergab das nächste – wobei ich Kassner die Stichworte selber lieferte – durchaus kein Schwätzer, alles exakt, gestochen. In Kassners Welt des Gesichts, in der der Identitätssatz nicht gilt, in der alles etwas anderes bedeuten kann, gibt es bloß Beziehungen, ist alles aufeinander bezogen, es gibt keine Geheimnisse; aber gleichzeitig ist es auch gleichgültig, ob etwas sei oder nicht sei, setzt doch die Bedeutung kein Sein voraus; wobei mich einige Passagen ungemein verwunderten, so ein hartes Urteil über irgendeine Meinung Rilkes – nicht daß es mich gestört hätte, ich konnte mit Rilke nie etwas anfangen, aber ich wunderte mich, trotz meiner Schläfrigkeit, dieses Urteil von Kassner zu hören.

Am meisten erstaunte mich jedoch seine Schilderung des Mount Everest, und zwar so sehr, daß ich, indem ich jäh aus meiner Müdigkeit aufschreckte, jetzt nicht mehr weiß, was ich da durcheinanderbringe, eine wirkliche Erzählung Kassners oder eine Stelle aus seinen Schriften.

Er habe, behauptete er, von der Bahn aus den Mount Everest gesehen, und dann schilderte er auf eine ganz außerordentliche Weise den höchsten Berg der Erde als *den* höchsten Berg, der eben nicht anders aussehen konnte als der Mount Everest und nicht etwa wie der nach den Fotografien viel imposantere K2. Seine Schilderung war eine physiognomische Meisterleistung, wobei ich mir einfach nicht vorstellen kann, daß Kassner je von einem Bahncoupé aus den Mount Everest gesehen hat, und gleich noch als höchsten Berg; aber in seiner Vorstellung vermochte er eben alles.

Endlich kam er auf Brecht zu sprechen, und nun war er plötzlich nur noch ein Fragender, er wisse mit Brecht nichts anzufangen, das Phänomen sei ihm unerklärlich. Er wollte meine Meinung über Brecht wissen, und ich faßte plötzlich den Verdacht, meine Begegnung mit Kassner sei nur zu diesem Zweck inszeniert worden: zur Information.

Nun war ich nie ein besonderer Brecht-Kenner, persönlich begegnete ich Brecht nur zweimal. Das eine Mal im Büro Kurt Hirschfelds im Schauspielhaus Zürich. Ich hatte eben den *Romulus* geschrieben. Brecht kam herein, unrasiert, in einer Lederjacke, schüttelte mir die Hand, es freue ihn, mich kennenzulernen, und ging wieder, worauf ich Kurt Hirschfeld fragte, wer denn das gewesen sei; das zweite Mal in Basel, nach einer Aufführung des *Romulus* 1949. Wir gingen nachher essen. Wer noch dabei war, weiß ich nicht mehr.

Brecht setzte sich zu mir. Er war überaus liebenswürdig und meinte, es freue ihn besonders, wie ich die Germanen dargestellt habe. Ich war schüchtern. Nicht gewohnt, über meine eigenen Arbeiten zu diskutieren, pflegte ich schon damals am liebsten Stoffe zu erzählen, an denen ich meist nur angeblich und selten wirklich arbeitete. Auch war ich mißtrauisch, stand Brecht damals besonders fremd gegenüber, die Spannung zwischen dem Stadttheater Basel und dem Schauspielhaus Zürich spielte mit hinein, dazu war ich voller Opposition und Ressentiment gegen jedermann. Außerdem kam mir Brechts Marxismus allzu doktrinär vor, ich begriff noch nicht, daß seine politische Doktrin eine seiner Verkleidungen war, die er als Menschenkenner brauchte, als eine List seiner Weisheit oder als eine Weisheit seiner List, entstammte er doch einer derart schrecklichen Zeit, wo List und Weisheit Synonyme waren. Sein Unglück bestand darin, daß er das Auseinanderfallen der beiden Begriffe nicht zu realisieren vermochte: er hätte die List nicht mehr nötig gehabt.

So war ich denn froh, daß Brecht bald auf Zigarren zu sprechen kam, sei es in der richtigen Einsicht, daß mir nicht zu helfen war, weil ich mir selber helfen mußte, oder sei es, daß er mich zu wirr, zu verschwommen empfand. Zu meiner Verwunderung war er der Meinung, die Brasil sei die stärkste Zigarre; daß die Havanna stärker ist, wollte er mir nicht glauben – daß ich in dieser Streitfrage recht hatte, mußte ich im Laufe der Zeit teuer genug bezahlen: finanziell und gesundheitlich.

Brecht habe ich danach nie mehr gesehen, und wenn der Band 41 der Bibliothek Suhrkamp ›Bertolt Brecht, Schriften zum Theater‹ mit dem Satz beginnt: »Mit Interesse höre ich, daß Friedrich Dürrenmatt in einem Gespräch über das Theater die Frage gestellt hat, ob die heutige Welt durch Theater überhaupt noch wiedergegeben werden kann«, so kann ich nur beifügen, daß ich mich nicht mehr erinnern kann, die Frage gestellt zu haben, die Brecht dort beantwortet.

Das von Brecht gewürdigte Theatergespräch fand in Baden-Baden statt, 1955 denke ich. Schon im Zug überfiel mich ein jähes Fieber, die Masern, wie sich später herausstellte. Während der Diskussion, die auf der Bühne stattfand, war ich verwundert, daß der Theatersaal sich immerzu drehte und nur manchmal stehenblieb, die Decke unten, die Zuschauer oben, so daß ich befürchtete, die Leute könnten nach unten auf die Decke prasseln. Ich hörte meine Gesprächspartner nur undeutlich, verschwommen, irgendwo. Es war auch das einzige Mal, daß ich mit Piscator zusammenkam, wenn es überhaupt Piscator war; hatte ich doch mit Berühmtheiten meistens Pech: Thomas Mann sah ich nur einmal, in der Pause der Uraufführung eines meiner frühen Stücke, aber ich wurde ihm nicht vorgestellt, das Stück gefiel ihm offenbar nicht. Mit Benn prallte ich beinahe zusammen, als er im Radio-Studio Bern aus dem Lift kam und ich in den Lift hinein wollte, erst später erfuhr ich, daß es Benn gewesen war. Den alten Jürgen Fehling traf ich in Berlin anläßlich eines offiziellen Empfangs. Er lief mir durch die Menge entgegen, wie alle ein Glas Sekt in der Hand, und schrie mir begeistert zu: »Endlich wieder einmal ein perverses Gesicht! Schlafen Sie auch so gern mit Ihrer Mutter wie ich mit meiner?«

Wenn es aber Piscator war, den ich damals in Baden-Baden kennenlernte, so weiß ich nicht mehr, was er redete, auch nicht, was ich redete oder was andere redeten oder wer diese anderen waren, keine Ahnung; sicher war ich anderer Meinung, sicher fand ich die Welt nicht darstellbar durch Theater, obgleich ich nicht mehr weiß warum, aber das sind nur nachträgliche Schlüsse auf mein wahrscheinliches Verhalten damals.

Doch in Sierre, fünf Jahre früher, in der heißen Veranda mit Rudolf Kassner, galt es weder Brecht zu verteidigen noch abzulehnen, noch Brecht gegen Brecht in Schutz zu nehmen. Es galt, Brecht Rudolf Kassner vorzustellen. Ich sagte ihm, daß ich Brecht für einen der größten modernen Lyriker halte, obgleich nicht so bedeutend wie Heym, Trakl oder Benn; daß ich über seine Dramen schwer urteilen könne, weil ich selber Dramatiker und somit parteiisch sei; daß ich Kassner jedoch vor allem ›Der gute Mensch von Sezuan‹ empfehle, weil ich dieses Stück für Brechts bestes halte. Ich mußte ihm versprechen, das Stück nach Sierre zu schicken. Ich besaß es als Verlagsexemplar in Schreibmaschinenschrift. Nach dem Gespräch über Brecht brachen wir auf. Ich ging enttäuscht und beeindruckt.

Wenn ich heute ›Zahl und Gesicht‹ lese, erscheint mir Kassners Ästhetik des Grotesken bemerkenswert. Was er damals, indem er nur eine unendliche Welt akzeptieren konnte, als groteske Fiktion entwarf, muß heute die physikalische Kosmologie als paradoxe Theorie aufstellen – so etwa, daß die Welt einen Anfang genommen habe, aus dem Urknall heraus, aus dem Big Bang –, von den Merkmalen gezwungen, die die Wirklichkeit aufzeigt – etwa die Expansion des Weltalls oder die Hintergrundsstrahlung –, während Kassner, der nichts erklären, sondern alles nur deuten will, der Bedeutung einer fiktiven Zahlenwelt zuliebe, schon 1918 folgert:

»Wenn wir uns eine Schöpfung aus dem Nichts vorzustellen hätten, so ginge das wohl nur so: Aus dem Spielball, aus dem Roulett der göttlichen Willkür. Das Weltall müßte vor der Schöpfung so ein Ball gewesen sein, Zahl, nichts oder, wie ein Monist meinen sollte, ein Atom, ein einzelnes, ein entsetzlich einsames, ein im Unendlichen zufälliges Atom.«

Ein Satz, der nachträglich, indem ihn die Wissenschaft

heute als durchaus nicht unsinnig erklärt, bewiese, daß die Ästhetik des Grotesken mit der Wirklichkeit zusammenfiele, mehr noch, er bewiese, weil das Adjektiv ›göttlich‹ als Floskel erscheint – die Zahlenwelt braucht keinen Gott –, daß Gott nicht existiere; so daß Kassner, im Gegensatz zu Kant, der bewies, daß Gott nicht zu beweisen ist, bewiesen hätte, daß es Gott nicht gibt: Solche Aspekte Kassners, in welchen er sich unfreiwillig gegen sich wendet, sind unheimlich, doch unvermeidlich, da in der Physik die Grenze zwischen Begriff und Anschauung verwischter und vager ist, als man glaubt.

Bei Kassner dagegen sind Gott, sein Gottmensch, seine Chimäre, sein Zahlenwesen, aber auch seine Gegensätze konstruiert, sein Sinn ist konstruiert wie sein Unsinn, sie sind Resultate seiner Konstruktionen, genauer, seiner Axiome. Was ihn von Kierkegaard trennt, ist der Glaube, die Dialektik zwischen dem Religiösen und der Verzweiflung. Kierkegaards Dialektik ist existentiell, Kassner dagegen ist ein reiner Logiker wie Hegel, der Unterschied zwischen den beiden ist der zwischen ihrer Logik. Hegel ist ein aristotelischer, Kassner ein nichtaristotelischer Logiker, der die aristotelische Logik verteidigt. Hegel ist ein Dialektiker innerhalb seiner Logik, Kassners Dialektik spielt sich zwischen zwei logischen Methoden ab. In Kassners Sprache ausgedrückt: Was Kassner als Gegenwelt zu seinem Denken darstellt, stellt ihn selber dar. Was er getrennt haben will, stürzt aufeinander zu, Gesicht und Zahl verschmelzen sich gegen seinen Willen in einer einzigen Kernfusion zum Begriff: Seine Ästhetik des Grotesken und seine Ästhetik des Religiösen, die man bei ihm rekonstruieren könnte, fallen zusammen.

Daß er jedoch die Identität (Begriff) von der Individualität (Anschauung) trennt – auch wenn sich diese Unterscheidung im rein Begrifflichen abspielt und nicht, wie Kassner glaubt, eine Angelegenheit einer niederen und einer höheren Denksphäre ist –, scheint mir gerade heute eine wichtige politische Aussage. Für Kassner fallen in der Identität System und Ordnung zusammen, die Individualität dagegen unterscheidet zwischen System und Ordnung. Als Begriff sind System und Ordnung identisch, als Anschauung verschieden; da nun aber auch, trotz aller Kassnerschen Bemühungen, die Anschauung ein Begriff ist, wäre es vielleicht genauer zu sagen, daß ein System ein rationaler und damit ein totaler Begriff ist, daß die Ordnung dagegen einen emotionalen und damit einen individuellen Begriff darstellt.

Auf das Politische bezogen: Als System ist der Staat eine Institution, als Ordnung ein Vaterland. Unsere politische Misere besteht darin, daß der Staat weder als reine Institution noch als reines Vaterland menschenwürdig ist. Wird der Staat zur reinen Institution, wird er zum reinen System; und Kassner hat recht, wenn er bemerkt: »Es kommt im System nicht auf das Dasein, sondern auf die Funktion und die Beziehung an, es kommt in einem System nicht auf uns, sondern darauf an, daß wir uns nicht spüren. Es ist darum sinnlos zu sagen, wir wären in einem System frei oder unfrei.« Das System ist logisch ein Ideal- und existentiell ein Notzustand. Immer mehr Staaten neigen daher dazu, System und Ordnung gleichzusetzen und so, nach Kassner, Identitäten zu werden, nur Institutionen und nichts weiter.

Kassners Bemerkungen über die Begriffssysteme sind eine prophetische Voraussage gewisser heutiger Machtsysteme, politischer, wirtschaftlicher und technischer

Natur, und vielleicht – wie ein unterirdisches Gewässer – nachträglich an der Entstehung meiner Erzählung *Der Sturz* beteiligt, als ein geheimer Zufluß von Einsichten, deren Herkunft ich vergessen hatte. Daß ich Kassner mehr verdanke, als ich ahnte, wird mir erst jetzt bewußt.

Bei der Eröffnungszeremonie des Schriftstellerkongresses am 22. Mai 1967 im großen Kremlsaal saß wenige Meter vor mir, unbeweglich, steinern, todernst, das versammelte Politbüro der Sowjetunion – Breschnew, Kossigyn, Podgorny, Suslow usw., das ganze Machtkollektiv – an einem langen Tisch, hinter ihm ein immenses Leninprofil, überall Blumenstöcke, Schnittblumen, ein Arrangement von monumentaler Spießbürgerlichkeit. Nach der Eröffnung – ein kultisches Begrüßungszeremoniell der verschiedenen Völkerstämme mit endloser Händeklatscherei – las eines der Politbüromitglieder eine endlose dogmatische, vulgärmarxistische Rede über Literatur vom Blatt herunter, trocken, eintönig, leidenschaftslos.

Dann lasen ein Lyriker, ein Epiker und ein Dramatiker ebenso endlose, ebenso dogmatische, ebenso vulgärmarxistische Reden über ihre dichterischen Branchen herunter, eintönig, leidenschaftslos, trocken wie Geschäftsberichte. Alle, Politbüromitglied, Lyriker, Epiker, Dramatiker, hatten die Bourgeoisie bereits meilenweit hinter sich gelassen, bloß der Epiker konstatierte leicht beunruhigt, daß im sowjetischen Dorfroman das Problem der Kolchosenflucht aufgetaucht sei, der Sowjetmensch zeige eine leichte Tendenz, zu verstädtern, wenn nicht gar eine zwar noch kaum bemerkbare Neigung, zu verbürgerlichen, was unerhört neue Probleme aufwerfe.

Diese Geschäftsberichte wurden gleichzeitig ins Englische, Deutsche, Spanische, Italienische, Französische übersetzt, wir brauchten nur zu wählen und an den Kopfhörern mitzulauschen, was wir bisweilen auch taten – überflüssigerweise, denn wir hatten längst begriffen, daß wir nicht einem Kongreß beiwohnten, sondern einer politischen Messe mit einer festgelegten heiligen Liturgie. Es galt hier nicht, über Literatur zu diskutieren, sondern politische Glaubensbekenntnisse abzulegen, wobei das Glaubensbekenntnis wiederum identisch mit der politischen Tat, das heißt Politik, war.

Innerhalb eines Systems sind Politik, der Glaube an sie und das Bekenntnis dieses Glaubens identisch. Man braucht diesen Glauben nur zu bekennen, ob man ihn wirklich glaubt, ist nebensächlich. Darum der unerträgliche Zynismus jener, die diese Systeme regieren, und leider immer mehr auch jener, die von ihnen regiert werden.

Das Politbüro, das da vor uns thronte, unwahrscheinlich nahe und doch unwahrscheinlich fern, das über das Schicksal dieser Erde mitbestimmte und das den Geschäftsberichten, die identisch waren mit Glaubensbekenntnissen, steinern, götzenhaft zuhörte, oder vielleicht auch dabei schlief, indem es so tat, als höre es zu, war in Wirklichkeit nur der Beginn eines Zahlensystems, zum Beispiel eines Riesendreiecks, gebildet von ungeraden Zahlen, wobei die Bedeutung von oben nach unten abnimmt. Der Zahl Eins kommt alle Bedeutung zu, den nächsten neun ungeraden Zahlen eine noch entscheidende, aber doch abgestuft niederere, bis, etwa nach der dreihundertsten ungeraden Zahl, die Zahlen jede Bedeutung verlieren. Die Menge der unbedeutenden ungeraden Zahlen, der Parteimitglieder, beträgt je nach der Größe der Partei Hunderttausende, zwei, drei Millionen. Die Bewegung innerhalb eines solchen Systems geschieht durch die Verschiebung der Positionen: fällt Eins, wird Drei oder Fünf oder Sieben zu Eins, identisch mit Eins, je nach der Affinität wird von der Spitze des Dreiecks Richtung Basis umnumeriert. Ein solches System ist mit einem Schema zu vergleichen, innerhalb dessen die Menschen aufsteigen und fallen, Karriere machen und über ihre Karriere stolpern – gleichsam über ihre eigenen Beine –, wo sie vernichtet, verurteilt und rehabilitiert werden können – sogar noch als Tote. Darum auch diese lähmende Langeweile damals in Moskau, spielte es doch keine Rolle, daß wohl die wenigsten der etwa zweitausend Schriftsteller, welche diesem System ihre Opfer darbrachten – und wohl auch die wenigsten Mitglieder des Politbüros, die dieses Opfer entgegennahmen –, an dieses System überhaupt noch glaubten. Wozu auch? Sie glaubten als ›Zahlenwesen‹ an die Position, die sie dank ihrer Zahl innehatten, und nicht an die dogmatisch-pythagoräischen Eigenschaften, die das System seinen Zahlen beilegte, um als ›Ordnung‹ zu erscheinen, als das Vaterland aller Werktätigen.

Ein System funktioniert am besten ohne Glauben. Nicht vollkommen, gewiß nicht – vollkommen vermöchte auch das vollkommenste System nicht zu funktionieren –, sondern, im Gegenteil, mit ständigen Pannen, die um so vollkommener ausfallen, je vollkommener das System zu sein scheint. Aber es hält sich in Schwung, so stumpfsinnig wie eine Maschine, mit Teilen, die sich abnutzen und ständig ersetzt werden müssen.

Ein solches System existiert daher nicht kraft eines Glaubens oder kraft einer Philosophie. Seinen Inhalt, der einmal die Hoffnung war, es könnte zur Ordnung einer neuen Welt werden, hat es ausgestoßen, auch wenn darin einmal seine Revolution und seine Sprengkraft lag. Es existiert nur noch, indem es, nach Kassner, zu einer bloßen Identität geworden ist. So gab es denn diese zweitausend Schriftsteller in der Sowjetunion nur dank dieser Identität, der sie unterworfen waren: Ein Schriftsteller ist identisch mit einem Mitglied des Schriftstellerverbandes; wer nicht Mitglied des Schriftstellerverbandes ist, ist auch kein Schriftsteller.

Als wir nach der Eröffnungssitzung mit einigen Schriftstellern ins Hotel zurückfuhren – mit Schriftstellern, die noch keine waren, die erst Anwärter waren, die erst hoffen durften, vielleicht einmal Mitglieder des Schriftstellerverbandes zu werden; inzwischen sind sie zwar Mitglieder des Sowjetischen Schriftstellerverbandes und damit Schriftsteller geworden, aber schon wieder aus dem Schriftstellerverband ausgestoßen, so daß sie jetzt keine sowjetischen Schriftsteller mehr sind, überhaupt keine Schriftsteller mehr –, erhob sich unter diesen Anwärtern des Sowjetischen Schriftstellerverbandes eine aufgeregte Diskussion über die Sitzordnung des Politbüros. Sie war anders als sonst gewesen, irgendeiner hatte gefehlt, was als günstiges Zeichen aufgefaßt wurde, daß, vielleicht – der Aufstieg Antropows war nicht aufzuhalten, und er hatte mit einem der im Auto Zusammengepferchten studiert.

Als wir das Auto verließen, hatte ich den *Sturz* konzipiert, zwar bloß als Einfall, ohne Verpflichtung, ihn niederzuschreiben, denn mit meinen Gedanken war ich in Israel: Jeden Augenblick konnte der Krieg ausbrechen, die Juden galten auch bei meinen russischen Freunden als Faschisten, und ich wußte, daß dies wahrscheinlich das letzte Mal war, daß ich mit diesen Menschen hier zusammen sein konnte, die liebenswürdig waren, die Unsägliches mitgemacht hatten, die sich an die alte Freundschaft klammerten. Es war das letzte Mal. Drei Tage später brach der Arabisch-Israelische Krieg aus, jubelnd rannte in Warschau ein Hoteldiener durch die Korridore; die Juden würden siegen. Anderthalb Jahre später wurde die Tschechoslowakei besetzt. Ich wurde die Koexistenz müde.

»Im System«, schreibt Kassner, »ist stets Stolz ohne Demut, Strenge ohne Milde; wer hier tief ist, geht in seiner Tiefe unter, und der Scharfsinnige verletzt sich an seiner eigenen Schärfe. Das liegt am System oder vielleicht daran, daß hier ein Mensch nicht zum anderen kann, es sei denn durch das System. Es gibt im System weder einen Weg noch ein Vorbild, vielmehr sucht das System, selbst alle Wege und Vorbilder zu sein. Ordnung ist, daß Einer vollkommen sei; dieser Eine macht dann, daß Ordnung sei. Im System müßten Alle vollkommen sein« – oder alle schuldig, könnte man beifügen.

Kassner sah 1918 den Stalinismus voraus – der immer wieder droht –, aus der verhängnisvollen Tendenz jedes sozialistischen Gebildes zum System hin, das es heute zu vermeiden gilt. Doch, muß man hinzufügen, auch Hitler sah er voraus, und zwar, mit echt Kassnerischem Pech, als etwas Positives, was er sicher nicht wollte. Sein Katholizismus stellte ihm im Reich der reinen Begriffe wieder einmal ein Bein. »Ordnung ist, daß Einer vollkommen sei; dieser Eine macht dann, daß Ordnung sei« ist ein gefährlicher Satz! Politisch interpretiert kann er nur bedeuten, daß er dem Stalinismus als System den Nationalsozialismus als Ordnung gegenüberstellt, der doch von einem vollkommenen Führer abhängt.

Kassner meint es natürlich nicht so, er setzt dem System die Kirche gegenüber, die, mit ihrem Unfehlbarkeitsanspruch, hergeleitet vom vollkommenen ›Gottmenschen‹, stets behauptet, eine Ordnung zu sein, Gottes Ordnung. Nun, wir kennen diese Ordnung, versucht sie sich politisch zu manifestieren: sie wird zwangsweise zum System; gerade deshalb halte ich christliche Parteien für besonders verhängnisvoll. Gott als Erfahrung des subjektiven Denkens kann nicht ein Objekt der objektiven Erkenntnis werden, er kann als objektivierte Fiktion nur den Ausgangspunkt eines Systems darstellen. Ausgangspunkt einer politischen Ordnung vermag nur der Mensch zu sein in seiner Unvollkommenheit: diese Ordnung nennen wir Demokratie.

Habe ich während des Zweiten Weltkriegs den Kampf zwischen Hitler und Stalin als Kampf zweier Religionen, einer mystischen und einer dogmatischen, interpretiert, so neige ich heute mehr dazu, indem ich Kassner überdenke, ihn als Kampf zwischen zwei ästhetischen Richtungen zu sehen: Der Faschismus wollte die Vollkommenheit der Anschauung, einen vollkommenen Führer, ein vollkommenes Volk, ein vollkommenes Reich, eine vollkommene Ordnung.

Der Stalinismus wünschte die Widerspruchslosigkeit des Begriffs, eine widerspruchsfreie Lehre, eine widerspruchsfreie Partei, ein widerspruchsfreies System. Auf Vollkommenheit und Widerspruchslosigkeit fallen jedoch die Ästheten am leichtesten herein – die Opfer, welche die Sucht nach Vollkommenheit und Widerspruchslosigkeit fordern, bedauern sie höchstens als Notwendigkeit der Geschichte –, und die natürliche Unvollkommenheit und Widersprüchlichkeit der Demokratie stößt sie am meisten ab, liegt doch deren Unvollkommenheit in jener des Menschen und deren Widersprüchlichkeit darin, daß ihre

Ordnung Systeme braucht, Gesetze und Institutionen, vor denen alle Bürger im Kassnerschen Sinne identisch sind.

Wenn es nun heute notwendigerweise darum geht, den Kapitalismus zu überwinden, so müssen wir uns klar darüber sein, daß der Kapitalismus ursprünglich kein System darstellt, sondern eine Ordnung – wenn auch eine jetzt ausgespielte –, die darum, weil sie ausgespielt hat, dazu neigt, abstrakte Systeme zu erzeugen; und daß es darum geht, diese alte, zum System gewordene Ordnung nicht durch ein weiteres System, sondern durch eine neue Ordnung zu ersetzen, indem nur ein Sozialismus den Staat als Demokratie und nicht als System weiterzuentwickeln vermag, der eine Demokratisierung der Demokratie darstellt; und schließlich, konkreter vielleicht, daß wir heute vor der politischen Aufgabe stehen, den Staat als Individualität zu erhalten und ihn nicht zum System zu erniedrigen.

Wir haben den Staat auch heute noch als etwas Unauswechselbares (z. B. die Schweiz ist nicht Österreich), als etwas Gewachsenes, historisch Entstandenes zu betrachten, etwas, das zwar keinen Geist besitzt (den vermag nur ein Individuum zu besitzen), aber das dem Individuum und damit dem Geist als Rahmen, als Spielfeld, als Heimat dient. Der Staat ist gleichzeitig zweitrangig und doch wesentlich – wie das Zweitrangige oft dialektisch etwas Wesentliches darstellt –, indem sich der Staat, noch konkreter diese Schweiz oder dieses Deutschland usw. aus Individuen zusammensetzt und nicht aus Begriffen oder Zahlen.

Nur so hat die Demokratie noch einen Sinn, im Kampf gegen den Staat für den Staat, in der Auseinandersetzung mit der Institution für die Institution, als Versuch, den Staat zu vermenschlichen. Mehr, als den Staat zu humanisieren, vermag keine Politik, sonst wird sie zum Abenteuer.

Doch diese Betrachtungen sind nachträglich aufgestellt, nachträglich in Erwägung gezogen, auf Einsichten hin, die ich damals in Sierre, vor nun bald dreißig Jahren, noch nicht gewonnen hatte, noch nicht gewonnen haben konnte, aber die, in ihrer Nachträglichkeit, dennoch auf eine verschlungene Weise zu Kassner gehören, als eine seiner Emanationen (nicht umsonst galt eine seiner letzten Schriften Plotin). Sie gehören zu diesem kleinen, freundlichen, überaus elegant gekleideten Grandseigneur, bezaubernd zu meiner Frau und nicht ohne Humor gegenüber mir, dem dicken Schwitzenden, Unförmigen.

Als wir von Sierre heimfuhren, war ich niedergeschlagen. Kassner war mir wie ein Schauspieler vorgekommen, wie einer, der eine Spur zu geistreich ist, um noch glaubhaft zu wirken, als ob einer zu sicher in einer Rolle wäre, die er täglich spielen muß, vielleicht aus Schutz. Doch auch das war wohl eine Täuschung, eine notwendige optische Verzerrung, weil ich in dieser Begegnung etwas gesucht hatte, das sich nicht wiederholen konnte, das Ereignis eben, das sich damals in Zürich in meinen Fieberträumen abspielte, während ich den *Rebell* konzipierte, das Erlebnis einer erstmaligen Begegnung mit einem einmaligen Denker, das sich nur im Geiste abzuspielen vermag und unwiderruflich ist.

Der Rebell. Die Geschichte der Hauptperson sollte schon in deren Jugend beginnen. A (sein Name ist mir entfallen) wächst in irgendeiner größeren Ortschaft auf, nehmen wir an in einer Stadt von hunderttausend Einwohnern; vorwiegend bürgerliches Milieu, ländliche Umgebung, mitteleuropäisch, doch das ist unwichtig – der Anfang der Erzählung ist unbestimmt, vage, als habe der Erzähler nur unvollständige Nachrichten über A's Jugend.

A ist das einzige Kind eines wohlhabenden Kaufmanns. Er hat seinen Vater nie kennengelernt. Dieser trat während der Schwangerschaft seiner Frau eine Reise in ferne Länder an und kehrte nicht mehr zurück. Der Sohn wohnt mit seiner Mutter und einer alten Magd in einem weiträumigen Haus in der Innenstadt. Die Magd ist taubstumm, nur die Mutter kann sich ihr mit Zeichen verständlich machen. Die Mutter ist eine schöne Frau. Sie ist gleichgültig gegen ihren Sohn, tagsüber bleibt sie auf ihrem Zimmer, nur das Abendessen nimmt sie gemeinsam mit A ein, von der alten Magd bedient, schweigend, höchstens daß sie sich manchmal nach seinem Unterricht erkundigt, den der Knabe von einem buckligen Hauslehrer erhält. Von ihrem verschollenen Mann spricht die Mutter nie. Wenn A nach seinem Vater fragt, bekommt er keine Antwort; nur einmal erwähnt sie, als etwas offenbar völlig Unwichtiges, sein Vater sei schon siebzig gewesen, als sie ihn geheiratet habe. Nach dem Abendessen zieht sich die Mutter zurück, um später in kostbarer Kleidung das Haus zu verlassen und erst gegen Morgen zurückzukehren.

Einmal, in einer Vollmondnacht, schleicht ihr der Junge nach. Sie durchquert die Innenstadt, geht über eine der Brücken in die Vorstadt jenseits des Flusses, verläßt auch sie, nur noch einzelne Villen sind anzutreffen, dazwischen

Waldpartien. Die Mutter öffnet eine Gittertüre, läßt sie weit offen, der Knabe folgt ihr unbemerkt. Zwischen den uralten Bäumen taucht ein kleines hellerleuchtetes Palais auf, sie steigt eine Rampe hoch, livrierte Diener empfangen sie, verbeugen sich. Aus dem Palais dringen die Töne eines Konzerts, dann erlöscht das Licht in den Fenstern nach und nach. Nur im Obergeschoß bleiben die Scheiben einer Flügeltür erleuchtet, die auf einen Balkon führt.

Der Knabe schleicht im Schatten der Bäume zum Palais, versucht den Balkon hochzuklettern, ein riesiger livrierter Diener mit Schlitzaugen und mächtigen Backenknochen verscheucht ihn, eine große schwarze Dogge trottet dem Jungen knurrend nach, treibt ihn zum Park hinaus, durch die Vorstadt über die Brücke in die Innenstadt, bis der Knabe wieder zum väterlichen Haus zurückfindet, die Haustüre hinter sich zuschlägt, sich bleich und zitternd gegen sie lehnt.

So vergehen die Jugendjahre. Nach den Unterrichtsstunden durchstöbert A den riesigen Dachboden voll Gerümpel und Reiseandenken, offenbar von seinem Vater: blutrote asiatische Masken, kleine steinerne Dämonen mit gewaltigen Genitalien, vergilbte Stiche mit seltsamen Landschaften.

Später, älter geworden, hält er sich am liebsten in der Bibliothek seines Vaters auf, durchblättert Atlanten, liest Reisebeschreibungen und findet unter alten Scharteken die Grammatik einer seltsamen Sprache. An wen er sich auch wendet, an den buckligen Hauslehrer, an den Pfarrer, der ihn konfirmierte und ihm schon eine höhere Instanz zu sein scheint, später an Spezialisten, vergleichende Sprachforscher – die Sprache bleibt unbekannt und ist keiner anderen bekannten Sprache zuzuordnen.

Die Sprache kennt keine Substantive und Adjektive, sie verwendet nur Verben, unterscheidet jedoch mehr als fünfhundert Konjugationen, mit denen sie neben den Tätigkeitswörtern auch die Hauptwörter und die Eigenschaftswörter ausdrückt; so nehmen die Verben, die in der erstarrten Gegenwartsform stehen, den Sinn von Substantiven an, etwa ›hasse‹, ›der Haß‹, während die erstarrte Mitvergangenheit einerseits der ›vergangene Haß‹, anderseits als sogenannte reaktivierte erstarrte Mitvergangenheit ›Liebe‹ bedeutet.

A lernt die überaus komplizierte Sprache mühsam, da ihm niemand zu helfen vermag; beginnt mit seinem Studium immer wieder von vorn, radebrecht, spricht sie flüssiger, endlich fließend, ohne zu wissen, ob er sie auch richtig spreche, sie ist für ihn die Sprache seines unbekannten verschollenen Vaters, obgleich er weiß, daß dieser Gedanke absurd ist, eine fixe Idee – die Familie seines Vaters stammt seit Menschengedenken aus der Stadt, mehrere seiner Vorfahren waren Bürgermeister, und auch die Eltern seiner Eltern stammen aus der Gegend, und so fort.

A beginnt, seinem Vater nachzuforschen. Er treibt einen alten Prokuristen auf, der bei seinem Vater angestellt war. Der Prokurist schildert ihn als unnahbaren, strengen, aber gerechten Kaufmann alter Schule. A forscht weiter. Ein noch älterer Einkäufer, der für seinen Vater tätig war, gibt dem Jüngling ein entgegengesetztes Bild: sein Vater habe sich nie um das Geschäft gekümmert; ein anderer, uralter Angestellter schildert mit wilden Flüchen den Vater als den größten Schürzenjäger der Stadt, der auch mit seiner Frau geschlafen habe; ein vierter Greis, noch älter als der uralte, glaubt sich zu erinnern, der Vater sei überaus fromm gewesen. A vernimmt über seinen Vater nur Widersprüchliches, überdies sind die weiteren Zeugen, die er noch in einigen Altersheimen auffindet, so alt, daß sie seinen Vater möglicherweise mit einem anderen verwechseln, er gibt die Nachforschungen auf.

A wird zwanzig. Er geht auf die Universität, er will Mathematiker werden, am meisten interessiert ihn Riemanns nichteuklidische Geometrie. Immer noch nimmt er das Abendessen mit seiner Mutter ein, immer noch verläßt sie – stets in gleicher unveränderter Schönheit – des Nachts das Haus, bis sie eines Morgens nicht zurückkommt. Als der Sohn beunruhigt das Palais aufsucht, das er nur mit großer Mühe wiederfindet, ist es leer. Nachforschungen ergeben, es habe immer leergestanden. Die Nachbarn in den nächsten Villen haben nie etwas bemerkt, allerdings ist der Park, der das Palais umgibt, ausgedehnt, der Besitzer unbekannt, eine Bank verwaltet das Gebäude, sie ist an das Bankgeheimnis gebunden; im übrigen sei es unverkäuflich. Außerdem ist A durchaus nicht sicher, ob es sich um das gleiche Palais handelt, das seine Mutter aufzusuchen pflegte. Er geht nach Hause. Auch die alte Magd ist verschwunden.

A verkauft das Haus und verläßt die Heimat, ohne ein bestimmtes Ziel, aber aus dem dumpfen Gefühl heraus, die Reise antreten zu müssen, von der sein Vater vor mehr als zwanzig Jahren nicht mehr zurückgekehrt ist. Er durchstreift den Balkan, Kleinasien, Persien, hin und wieder glaubt er eine Landschaft wiederzuerkennen, die er auf einem der alten Stiche auf dem Dachboden gesehen hat.

In einer Waldschlucht findet er in der Ruine eines alten Tempels einen kleinen steinernen Dämon mit gewaltigen

Genitalien, der jenen Dämonen gleicht, die sein Vater besaß. Er ist nun sicher, auf der richtigen Spur zu sein, doch brechen von da an alle weiteren Hinweise und Zeichen ab. Er irrt umher. Schluchten, unerforschte Gebirgsmassive, Wüsteneien, mehrmals steigt er, ohne es zu bemerken, über den gleichen öden Bergpaß, er bewegt sich im Kreis.

Schon denkt er daran, aufzugeben, sein Unternehmen scheint ihm hoffnungslos, ja selbst seine Rückkehr wird in Frage gestellt – Räuber überfallen ihn, seine Diener werden erschlagen, seine Pferde, sein Gepäck, seine Waffen, seine Karten und sein Kompaß gestohlen –, als er durch Zufall an eine Grenze gelangt, ohne zu wissen, wo er sich befindet, zu Fuß, hinkend, in Lumpen.

Ein Zollhaus, schäbig, windschief, ein Zöllner, klein, schlitzäugig, mit großen Backenknochen, der ihn anhält und ihn in der seltsamen Sprache anredet, die er in der Jugend gelernt hat: Die ›Sprache seines Vaters‹ ist Wirklichkeit geworden, wenn sie auch rauher, zischender tönt, als er sie sich vorgestellt hat.

A stutzt, antwortet in derselben Sprache, der Zöllner ist verwirrt, verneigt sich immer wieder, behandelt A mit Respekt, ja, wie ihm vorkommt, mit geheimer Furcht, gibt ihm zu essen und zu trinken, beschenkt ihn mit einem Pelzmantel, nötigt ihm einen Maulesel auf.

A beschließt, das unbekannte Land zu erforschen. Er reitet durch weite winddurchheulte Hochebenen, die von niedrigen baumlosen Hügeln begrenzt werden, an deren Hängen Dörfer kleben, die einstöckigen Häuser aneinandergepreßt. Der Himmel ist wolkenlos und unermeßlich, manchmal von einem derart dunklen Violett, daß auch am Tag Sterne sichtbar werden. Sirius funkelt noch, am

Horizont ein heller Stern, den er zuerst für einen Planeten hält und erst allmählich als Canopus erkennt: so weit nach Süden ist er gekommen.

Die Vegetation ist karg, hin und wieder Sträucher, selten einige verkrüppelte Bäume. Hirten, unbeweglich an ihre Stöcke gelehnt und ihn schweigend beobachtend, hüten kleine Schafherden, manchmal einige Ziegen; Kühe oder Büffel sind nie zu sehen. Die Dörfer liegen abseits der staubigen Straße, doch kommen Menschen, klein, schlitzäugig, mit großen Backenknochen wie der Zöllner, von weither, um A zu sehen, stellen sich beiderseits der Straße auf, schweigsam, demütig, offenbar arm, die Frauen heben kleine Kinder in die Höhe.

A nähert sich langsam der Hauptstadt, die Dörfer häufen sich, werden größer, auch zeigen sich Anzeichen eines gewissen Wohlstands, die Straße ist nun gepflastert. Die Eingeborenen, wie A in Pelzmänteln, die bis zum Boden reichen und die sie in den Häusern nicht ausziehen, behandeln ihn immer respektvoller. Hat er zuerst in kleinen Steinhäusern übernachtet, in dunklen, rauchigen Höhlen, die Bewohner stumm an den Wänden hockend, ihn die ganze Nacht beim Feuer eines rohen Kamins beobachtend, übernachtet er nun bei Landadeligen und Großbauern, die ihm auf Mauleseln entgegenreiten und ihn einladen in ihre Häuser, die äußerlich zwar mit der gleichen Einfachheit gebaut sind wie die der armen Bevölkerung – wenn sie auch eine größere Fläche einnehmen –, doch innen ein Genist von kleinen ineinandergeschachtelten Zimmern aufweisen, auf dem Boden Teppiche und weiche Kissen.

A's Reise in die Hauptstadt verlangsamt sich immer mehr, immer neue Würdenträger suchen seine Bekanntschaft, er muß bei jedem übernachten, die Leute sind leicht beleidigt, und A will niemanden beleidigen. Seine Aussprache gleicht sich mit der Zeit immer mehr der landesüblichen Aussprache an, er fühlt sich wie zu Hause, alles ist seltsam heimatlich und fremd zugleich, wenn ihm auch nicht die Unrast entgeht, von der alles befallen scheint.

Die politische Lage ist chaotisch. Das Land wird von einem Herrscher regiert, der die Einwohner grausam unterdrückt; täglich werden Leute verhaftet, öffentlich hingerichtet, um dann von der Bevölkerung in langen feierlichen Leichenzügen unter leisem melodischem Summen zu Grabe geleitet zu werden, der Sarg mit einem blauen Teppich bedeckt.

A schaut mehreren dieser Hinrichtungen zu, empört, doch verwundert, denn trotz der Schrecken ist das Land von einer glühenden, irrationalen Hoffnung erfüllt, die eine offene Empörung unmöglich macht, weil sie sinnlos wäre angesichts der gewaltigen Veränderung aller Dinge, die unmittelbar bevorsteht: Die Einwohner glauben an einen geheimnisvollen Rebellen, der einmal auftauchen werde, das Land zu befreien. Sie setzen alles auf diese Erwartung, sie können ohne diese Hoffnung nicht leben.

A beschließt, dieser merkwürdigen Erwartung auf einen Erlöser nachzugehen. Er spricht mit Kleinbauern, Handwerkern und Handlangern, freundschaftlich, gerührt von der Achtung, die ihm die Leute entgegenbringen, doch ohne bestimmte Absicht, etwas zu ändern, aus bloßem Interesse an der kindlichen Hoffnung, die in allen lebt, der Rebell werde kommen, ja, sei vielleicht schon gekommen, lebe schon unter ihnen.

Er kommt in die Hauptstadt, auch sie ist von außen

gesehen primitiv, um einen Felsen herum gebaut, dessen Kuppe der Palast des Herrschers einnimmt, eine schmucklose quadratische Burg, ohne Fenster, bloß mit unregelmäßig eingesetzten Schießscharten; am Fels kleben die Häuser, schieben sich übereinander hoch, einige rohe Paläste, darunter steil abfallende Gassen und Plätze.

Er wird in den Palast des kirchlichen Oberhauptes eingeladen, eines über hundert Jahre alten Theologen, der A freundlich empfängt und ihn bittet, bei ihm Wohnung zu nehmen. Die Religion ist ein seltsames Christentum, oder genauer, das Gemisch einer unbekannten, offenbar einheimischen Religion mit dem Christentum, man glaubt an einen sechsfaltigen Gott, an die Einheit Gott des Vaters, Gott des Sohnes und Gott des Heiligen Geistes, wozu noch der Gott der heiligen Energie, der Gott der heiligen Materie und der Gott des heiligen Nichts treten, ebenfalls als Wesenheiten gedacht, so daß sich die Einheit Gottes aus sechs Wesenheiten zusammensetzt. Doch ist das Oberhaupt dieser absonderlichen Kirche durchaus kein sturer Dogmatiker, wie A zuerst befürchtet, im Gegenteil, der ehrwürdige Theologe legt A seine Lehre mit einer gewissen frommen Ironie dar, höflich, als halte er es für seine Pflicht, einen immerhin Fremden über eine absonderliche Seite des Landes aufzuklären.

Mehr als das kirchliche Dogma scheint ihn das Schicksal seines unglücklichen Volkes zu bewegen, auf das er gleich bei seiner ersten Audienz zu sprechen kommt. Er nimmt A bei der Hand und führt ihn in eine Halle. Die Politiker des Landes sind versammelt, das Geheime Parlament, wie das kirchliche Oberhaupt sich ausdrückt: Konservative, Reformer, Revolutionäre, Idealisten, Atheisten, Anarchisten.

Der Theologe stellt A vor und eröffnet die Versammlung. Ein jeder beginnt, seinen Standpunkt zu vertreten, die Meinungen widersprechen sich, der Theologe nimmt keine Stellung. Er scheint nur der Führer der Opposition zu sein, doch unfähig, die verschiedenen Strömungen in eine einheitliche Richtung zu lenken, dazu ist er politisch zu unerfahren und zu naiv, doch schart man sich um ihn, weil seine Position unantastbar ist, als geistiges Oberhaupt der Kirche steht er rangmäßig über dem Herrscher, wenn ihm auch keine politische Macht zukommt.

Der Theologe zieht sich zurück. A ist mit den Politikern allein, er kommt mit ihnen ins Gespräch, fordert einen jeden auf, noch einmal zu sprechen, geht auf ihre Argumente ein, auch hier nicht, um zu verhandeln, sondern aus bloßer, manchmal sogar belustigter Neugier, als Nichtbeteiligter.

Alle sind sich zwar einig, daß eine Revolution stattfinden müsse, alle geben A zu erkennen, eine Revolution stehe unmittelbar bevor, weil allem Anschein nach der Rebell nun bald komme, aber jeder will mit der Revolution etwas anderes erreichen: der eine einen Staat nach europäischem Muster, mit Großindustrie, das Land sei voller Bodenschätze; ein anderer bestreitet das Vorhandensein dieser Bodenschätze, das Land müsse wieder zu seiner urtümlichen freiheitlichen Hirtenkultur zurückfinden; ein Dritter, jung, hitzig, sympathisch, roter Schopf, springt auf, die christlichen Elemente müßten aus der Religion eliminiert werden, die Sechseinigkeit habe nicht nur dazu geführt, daß einer nur noch sechs Äcker und sechs Frauen haben dürfe und nicht so viele Frauen und Äcker, wie er wolle und haben könne, sondern das artfremde Christentum sei auch der Grund, warum jetzt nur ein

Herrscher das Land regiere, als falsche Auslegung des sechseinigen Gottes; dem Dritten entgegnet ein Vierter, ein Riese, gerade so werde die Sechseinigkeit falsch ausgelegt, sie bedeute nämlich, daß die sechs Klassen, die Regierenden, die Beamten, die Theologen, die Soldaten, die Hirten und die Gewerbetreibenden eine Klasse bilden, daß somit alles allen gehört und alle über alle regieren; jäh schnellt eine untersetzte Fleischmasse hoch, die Schlitzaugen unter den Fettwülsten kaum sichtbar: genug mit dem ideologischen Klimbim, was wir brauchen, ist ein Parlament und eine ihm verantwortliche Regierung sowie einen vom Volk gewählten, repräsentativen Staatspräsidenten. Du willst gewählt werden, du, schreien einige, Demokratie ist Plutokratie, brüllen andere, Tumult, einer blutet.

Man trennt sich erst im Morgengrauen, doch tritt das Geheime Parlament schon in der nächsten Nacht wieder zusammen und auch in den weiteren Nächten. Ohne Absicht, bloß durch seine Gegenwart, versöhnt A die verschiedenen Revolutionäre, gleicht die Gegensätze aus. Seine Unbeteiligtheit, seine Ruhe, ja sein Humor, da ihn viele allzu radikale Ansichten belustigen, wirken versöhnlich, schaffen Einigkeit, so daß man endlich nur noch vor der Frage steht, ob der Hauptmann der Palastwache, dem auch die Geheimpolizei untersteht, ins Vertrauen zu ziehen sei. Und wie man sich voneinander trennt, ohne diese Frage entschieden zu haben, weil die meisten dem Hauptmann mißtrauen, andererseits aber auch, weil es unmöglich erscheint, den Handstreich ohne den Hauptmann der Palastwache zu wagen, ruft der Theologe A zu sich.

A will berichten. Er sei im Bilde, unterbricht ihn der Theologe, doch bevor das Geheime Parlament handle, sei es seine Pflicht in seiner Eigenschaft als Oberhaupt der Kirche, A über gewisse Sonderbarkeiten des Herrschers – bei allem Respekt vor diesem – aufzuklären. Diesen habe nämlich noch niemals jemand gesehen.

Der Herrscher empfange niemanden, der Herrscher lebe in völliger Abgeschlossenheit, einige Theologen und Politiker mutmaßten, es gebe ihn vielleicht nicht, er sei eine reine Fiktion entweder des Hauptmanns der Palastwache oder gar des ganzen Volkes.

Auf die Frage A's, wie denn ein Herrscher regieren könne, von dem man nicht wisse, ob er existiere, antwortet der Greis, er selbst habe noch nie eine Anordnung bekommen, andere beteuerten, sie hätten ihre Befehle durch den Hauptmann der Palastwache erhalten, der Hauptmann jedoch hätte, wie sie behaupteten, auch nicht gewußt, von wem die Befehle nun eigentlich stammten, vom Herrscher selbst oder von einer untergeordneten Stelle, die Administration im Regierungspalast sei unübersichtlich.

Doch gerade das sei das Bedrückende, der Herrscher übe seine Tyrannei durch die bloße Ungewißheit, ob es ihn gäbe oder nicht, aus. Er selbst als das Oberhaupt der Kirche sehe aber ein, daß es nicht anders sein könne, daran werde auch die Revolution nichts ändern, weil die Unsichtbarkeit des Herrschers die Wesenheit des heiligen Nichts in der Sechsfaltigkeit Gottes verkörpere.

Verwirrt von dieser Rede des Theologen zieht sich A in sein Gemach zurück. Auch hier nach Landessitte keine Möbel, nur kostbare Teppiche und weiche Kissen auf dem Fußboden, eine große Kerze erhellt den Raum. A sinkt in tiefen Schlaf, schreckt plötzlich auf, ein warmer Atem weht über sein Gesicht, vor ihm steht eine große schwarze

Dogge, wie jene, die ihn einst in seiner Jugend verfolgte, ihre Augen blinken im Kerzenlicht wie geschliffene Steine, die Dogge knurrt, als wolle sie zuschnappen, dann wendet sie sich ab von A, springt zur Tür hinaus. A alarmiert den Palast des kirchlichen Oberhauptes, junge Theologen durchsuchen das Gebäude, ergebnislos, das Hauptportal und die Nebentüren sind verschlossen.

Am nächsten Tag, wie A durch die Hauptstadt streift, glaubt er in einer Nebengasse den riesigen Diener wiederzuerkennen, der ihn einst aus dem Park des Palais wies, das seine Mutter immer besucht hatte; an einem anderen Tag geht die taubstumme Magd an ihm vorüber, die ihn zu Hause bediente, er kann sich natürlich getäuscht haben, wie auch beim Diener und bei der Dogge, sicher ist er durchaus nicht. Er geht der Alten nach, sie steigt zum Palast des Herrschers hinauf, eine steile Treppe, plötzlich ist das Weib verschwunden.

Als A zurückkehrt, erwartet ihn der Hauptmann der Palastwache, ein intelligenter, hochgewachsener Offizier mit beinahe europäischen Gesichtszügen. Der Hauptmann ist über die Opposition im Bild, sein Geheimdienst hat ihn unterrichtet. Er äußert sich abschätzig über das Oberhaupt der Kirche, der Theologe sei ein abergläubischer Mystiker, der Herrscher sei durchaus nicht das Abbild des sechsfaltigen Gottes, oder wie diese unsinnige Ansicht auch laute, sondern ein höchst skrupelloser Mensch, der sich mit einer aufgeblähten Verwaltung tarne; allein im Herrscherpalast seien über zweihundert Schreiber beschäftigt, alles sei hoffnungslos korrupt, ein mittelalterliches Relikt. Das ganze Nest sei auszuräuchern, man müsse handeln, das sei alles. Der Unfug habe vor etwas mehr als zwanzig Jahren begonnen, leider sei er damals noch zu jung gewesen, so daß er nichts Sicheres wisse.

Aber soviel sei ihm bekannt, daß einmal ein Fremder von irgendwoher gekommen sei, in Lumpen, zu Fuß, der durch irgendeinen Zufall der Landessprache mächtig gewesen und aus diesem Grunde vom Volk als der prophezeite Herrscher betrachtet worden sei, worauf sich der Fremde der Hauptstadt bemächtigt habe, was ihm um so leichter gefallen sei, als sich das Land damals in höchster Anarchie befunden habe, in wilder Unordnung, in einem Kampf aller gegen alle. Darum habe die Bevölkerung die neue straffe Ordnung als vom sechsfaltigen Gott verheißen begrüßt; es sei immer derselbe Schwindel, auf den die Bevölkerung aller Schichten hereinfalle.

Diese Ordnung sei jedoch wieder in eine unerträgliche Diktatur entartet, die ebenso willkürlich sei wie vorher die Anarchie und die ebenso viele Opfer fordere, niemand sei vor einer Verhaftung und Verurteilung zum Tode sicher, auch er, der Hauptmann nicht. Der Herrscher sei offenbar wahnsinnig geworden, vielleicht auch ein Gefangener der Verwaltung, die niemanden zu ihm vorlasse, ihn isoliere; das Volk setze deshalb seine ganze Hoffnung auf den Rebellen, der ja inzwischen eingetroffen sei und den das Volk auch als von Gott gesandt betrachte, wie vor mehr als zwanzig Jahren den Herrscher, religiös wie es nun einmal sei.

A stutzt. Er antwortet endlich, er wisse nichts von der Ankunft eines Rebellen. Der Hauptmann lacht, verneigt sich und schweigt.

Die Politiker finden sich im Palast des kirchlichen Oberhauptes ein, stutzen, als sie den Hauptmann sehen. Doch dieser erklärt sich mit ihnen einig, man dürfe nicht mehr zögern, schon im Morgengrauen sei der Staatsstreich durchzuführen, die Palastwache sei eingeweiht und bereit zu handeln.

Da der Rebell nun eingetroffen sei und da er alle Gegensätze im Volk und unter den Politikern durch weise Vermittlung bereinigt habe, sei weiteres Zögern sinnlos. Ob der Rebell nun vom sechsfaltigen Gott persönlich gesandt worden, wie das Volk glaube, oder ein Mensch wie sie alle sei, der eine einmalige, vielleicht zufällige Gelegenheit wahrnehme, um dem Volk die Freiheit wiederzuschenken, wie er als Hauptmann der Palastwache glaube, spiele keine Rolle; ja nicht einmal, was der Rebell von sich selber halte, sei wichtig, entscheidend sei, daß er eine politische Realität darstelle, die man ausnützen müsse, es gehe um den Sturz des verhaßten Herrschers und um nichts anderes.

A erkennt plötzlich, daß er von allen als der Rebell betrachtet wird. Er versucht vergeblich, das Mißverständnis aufzuklären. Niemand glaubt ihm, alle lächeln, niemand ist vom Mißverständnis zu überzeugen. A kennt die Landessprache, A ist der längst erwartete Rebell, der Messias.

Die Politiker und der Hauptmann ziehen sich um Mitternacht zurück. Das Oberhaupt der Kirche bleibt ernst und traurig vor A stehen.

»Du bist der Rebell«, sagt der Theologe zu A, »versuche es nicht mehr zu leugnen. Nimm dein Schicksal auf dich, es kann dir kein Mensch mehr helfen.«

Dann hebt der Greis seine rechte Hand wie zum Segen, verläßt die Halle und zieht sich in seine Privatgemächer zurück.

A geht verwirrt auf sein Zimmer, dort wird er von einem jungen Priester erwartet, der A schon verschiedentlich aufgefallen ist, immer schien er A etwas mitteilen zu wollen. Auch jetzt zögert er, ist verwirrt, bittet endlich A, ihn auf etwas hinweisen zu dürfen. A nickt. Der junge Priester führt A in die Halle zurück, geleitet ihn in die Gemächer des kirchlichen Oberhauptes. Sie sind leer. A schaut den jungen Priester an, begreift immer noch nicht, was man von ihm will.

»Das Oberhaupt der Kirche befindet sich nicht mehr in seinem Palast«, sagt der junge Priester.

»Nun?« fragt A.

Das Oberhaupt der Kirche sei der Herrscher selbst, antwortet der junge Priester. Er habe zwar keine eigentlichen Beweise, fügt er bei, aber alle seine Nachforschungen ließen keinen anderen Schluß zu.

Das Oberhaupt der Kirche sei der Fremde gewesen, der vor mehr als zwanzig Jahren in Lumpen und zu Fuß das Land betreten habe, von irgendwoher kommend, aus einem fremden Lande. Auf einem Maulesel sei er in die Hauptstadt eingeritten, wie jetzt A, und habe sich gleichzeitig der Kirche und des Staats bemächtigt, weil ihn alle für den vom sechsfaltigen Gott prophezeiten Herrscher gehalten hätten, wie nun alle in A den verheißenen Rebellen sähen. Doch das Oberhaupt der Kirche habe sich gleichsam in zwei Erscheinungen geteilt, einerseits in einen unnahbaren, unbarmherzigen Herrscher, andererseits in einen gütigen Theologen, der jedem zugänglich sei, der jeden empfange und allen Trost spende; als dieser habe er die Hoffnung des Volkes genährt, als unsichtbare, schreckliche Macht dessen Schrecken.

Das sei Unsinn, entgegnet A.

Der junge Priester verneigt sich: »Spuren der Wahrheit,

Herr«, antwortet er, er werde A wieder auf sein Zimmer begleiten.

Den Weg finde er selber, entgegnet A, noch immer entrüstet über das unsinnige Gerücht. Doch schon in der Halle wird er von zwei Soldaten der Palastwache verhaftet.

Wer den Befehl gegeben habe, fragt A gelassen.

»Der Herrscher«, antwortet der eine.

Ob er den Herrscher denn gesprochen habe, fragt A weiter.

Den habe niemand je gesprochen, entgegnet der andere.

A läßt nicht locker.

Woher sie denn wüßten, daß der Befehl vom Herrscher komme.

Das wisse man eben, ist die Antwort.

A läßt sich abführen. In der Türe, die zu den Privatgemächern des Oberhauptes der Kirche führt, steht schweigend der junge Priester, teilnahmslos.

Die beiden Soldaten führen A durch die nächtliche Stadt zum Palast des Herrschers hinauf, wo er vom Hauptmann empfangen wird, der ihm zuflüstert, alles sei nur eine vorsorgliche List, die beiden Soldaten, abergläubisch wie alle, glaubten, der Herrscher habe die Verhaftung A's angeordnet. In Wahrheit sei sie auf seinen, des Hauptmanns Befehl, geschehen, um den Herrscher zu täuschen, Vorsicht sei geboten. In wenigen Minuten sei A wieder frei, die Rebellion beginne noch vor dem Morgengrauen, jeden Moment, noch früher als geplant, alles sei schon bereit, alle im Anmarsch.

Doch kaum ist der vermeintliche Rebell im Untersuchungsgefängnis, häufen sich die Mißverständnisse unter den Verbündeten, sie behindern sich selbst, die alten

Gegensätze machen sich wieder bemerkbar, die konservativen gläubigen Politiker beginnen zu zweifeln, ob A wirklich der vom sechsfaltigen Gott verheißene Rebell sei, sonst hätte er sich doch selbst befreien können. Die Politiker der progressiven revolutionären Richtung befürchten, A werde wie der alte Herrscher bloß eine neue Diktatur errichten, er sei schließlich ebenfalls aus der Fremde und in Lumpen ins Land gekommen. Schließlich zögert auch der Hauptmann.

Die Diskussionen und Verhandlungen ziehen sich bis gegen den Morgen hin, dauern dann den ganzen Tag über, den nächsten Tag. Die Verwaltung weiß nicht, ob sie verhaftet wird oder nicht, der Herrscher bleibt wie immer unsichtbar, das Oberhaupt der Kirche schweigt, und das Volk wartet, wie es immer gewartet hat. Die Rebellion unterbleibt. Zuerst vorläufig, dann endgültig.

Die Politiker verlassen die Hauptstadt, ziehen sich auf ihre Landgüter zurück, die ersten Verhaftungen werden vorgenommen, die ersten Hinrichtungen, die Leichen mit leisem Summen zu Grabe getragen, die Särge mit einem blauen Teppich bedeckt.

A ist ohne Nachricht, wartet auf seine Befreiung, noch ist er überzeugt, jede Sekunde, jede Minute könne der Hauptmann wiederkommen: dann wird A vor das Volk treten, vor *sein* Volk, ihm die Freiheit zu verkünden. Die Sekunden, die Minuten vergehen, die Stunden, die Tage, er ruft, niemand antwortet.

A ist in einem kompliziert angelegten Spiegelsaal gefangen, sieht sich tausendfach widergespiegelt. Auch die Decke und der Fußboden sind aus Spiegeln. Er sucht die Tür. Da auch sie ein Spiegel ist, bleibt sie unauffindbar.

Die Zeit vergeht, kein Verhör, keine Nachricht von

außen. A irrt in seinem Gefängnis umher, bald scheint es ihm ausgedehnt, bald nur aus einem kleinen Raum zu bestehen, bald aus vielen ineinandergehenden Räumen.

Er verliert nach und nach den Verstand. Er hält die widergespiegelte Menge seiner eigenen Gestalt für eine unübersehbare Menschenmasse, die versammelt ist, um die Rebellion gegen den Herrscher durchzuführen. Er hält der vermeintlichen Masse immer wildere Anklagereden gegen die Willkür und Ungerechtigkeit des Herrschers, verheißt in immer glühenderen Worten Freiheit und Gerechtigkeit für alle, fordert in immer wahnsinnigerer Rhetorik, daß sich Freiwillige melden sollen, um den Sturm gegen den Palast, der den unsichtbaren Herrscher verbirgt, zu wagen, die Mauern niederzurennen, die Verwaltung niederzumetzeln, die Akten zu verbrennen, die Verliese zu öffnen und ihn zu befreien.

So sehr hat sich sein Geist verwirrt, daß er sich gleichzeitig draußen und drinnen, in Freiheit und in Gefangenschaft wähnt. Doch niemand meldet sich, wenn er unbeweglich auf Antwort wartet, sein tausendfach widergespiegeltes Spiegelbild anstarrend: die Masse der Rebellen ist er selbst, und sie bleibt unbeweglich wie er selbst. Er verzweifelt, er glaubt, daß seine Anhänger ihn verlassen haben, brüllt ihnen ihre Freiheit entgegen.

Er gibt den Kampf allmählich auf, stiert vor sich hin, tagelang, wochenlang. Niemand bringt ihm Nahrung, manchmal leckt er eine Pfütze auf, die sich von Zeit zu Zeit auf dem Fußboden aus hartem Spiegelglas bildet durch Tropfen, die hin und wieder von irgendwoher die Spiegel herablaufen. Und irgendwo hinter den Spiegeln verbirgt sich vielleicht, ihn beobachtend, nur wenige Meter von ihm, der, gegen den er rebellierte, wenn es ihn überhaupt gibt, vielleicht der Herrscher, vielleicht das Oberhaupt der Kirche, vielleicht sein Vater, es ist ihm gleichgültig. Es ist wirklich gleichgültig.

A bleibt liegen, vergißt die Rebellion, die Außenwelt, die Spiegel, sich selbst. Irgendwann krepiert er wie ein Tier, seine Leiche vertrocknet, wird zur Mumie, wird vergessen, auch von den Politikern, auch vom Volk, das einen neuen Rebellen erwartet oder einen neuen Herrscher, in immer gleichbleibender frommer Hoffnung, daß sie sich irgendeinmal erfülle, vielleicht bald, vielleicht in einem Jahr, vielleicht in zehn, vielleicht in irgendeiner der kommenden Generationen.

Der Sturz / Abu Chanifa und Anan Ben David / Smithy / Das Sterben der Pythia
Erzählungen. detebe 20854

Theater
Essays, Gedichte und Reden. detebe 20855

Kritik
Kritiken und Zeichnungen. detebe 20856

Literatur und Kunst
Essays, Gedichte und Reden. detebe 20857

Philosophie und Naturwissenschaft
Essays, Gedichte und Reden. detebe 20858

Politik
Essays, Gedichte und Reden. detebe 20859

Zusammenhänge/Nachgedanken
Essay über Israel. detebe 20860

● **Das zeichnerische Werk**

Bilder und Zeichnungen
Mit einer Einleitung von Manuel Gasser und Kommentaren des Künstlers. Diogenes Kunstbuch

Die Heimat im Plakat
Ein Buch für Schweizer Kinder. Zeichnungen. Mit einem Geleitwort des Künstlers kunst-detebe 26026

Außerdem liegen vor:

● *Denken mit Dürrenmatt*
Denkanstöße, ausgewählt und zusammengestellt von Daniel Keel. Diogenes Evergreens

● *Über Friedrich Dürrenmatt*
Essays, Aufsätze, Zeugnisse und Rezensionen von Gottfried Benn bis Saul Bellow. Chronik und Bibliographie. Herausgegeben von Daniel Keel. detebe 20861